RAND SUCCÈS DU JOUR !

CHANSONS, POÉSIES

ET

SATIRES RÉPUBLICAINES

par BOILEAU

Œuvre de Progrès, de Patriotisme,

Instruction, de Moralisation et de Récréation

PRIX : 1 FR. LE VOLUME

Écrire simplement à M. BOILEAU, Poëte-Chansonnier, à Avignon.

YERIE ADMINISTRATIVE DE GROS FRÈRES

—

1877.

LE PLUS GRAND SUCCÈS DU JOUR !

CHANSONS, POÉSIES

ET

SATIRES RÉPUBLICAINES

par BOILEAU

Œuvre de Progrès, de Patriotisme,
d'Instruction, de Moralisation et de Récréation

PRIX : 1 FR. LE VOLUME

Ecrire simplement à M. BOILEAU, Poète-Chansonnier, à Avignon.

AVIGNON

IMPRIMERIE ADMINISTRATIVE DE GROS FRÈRES

—

1877.

CHANSONS

POÉSIES & SATIRES RÉPUBLICAINES

par BOILEAU

~~~~~~

Œuvre de Progrès, de Patriotisme,
d'Instruction, de Moralisation et de Récréation

La République française fera l'admiration des siècles à venir ! Son nom sera inscrit en lettres d'or sur les colonnes immortelles du temple de mémoire, et son souvenir se conservera jusqu'à la dernière postérité!...

La génération nouvelle est mûre pour la grande croisade du progrès et de la civilisation !

Cette génération veut que désormais les œuvres littéraires poétiques et dramatiques servent à l'instruction du peuple.

Les théâtres et les journaux, en s'inspirant des idées nouvelles, peuvent, par leur influence directe, régénérer l'humanité... La scène et la presse doivent être des écoles où se forment les hommes, et non des bazars où s'exploitent la sottise et l'ignorance, les passions et les vices !...

Les auteurs sans foi, sans morale et sans art, en un mot, les exploiteurs et les ambitieux, peuvent se retirer et attendre en silence leur double fin....

AVERTISSEMENT

Jamais on ne m'a vu sur les bancs des écoles :
Je compose des vers, sérieux ou frivoles.
Avec justice ou non, on leur fait du succès,
Et l'on me dit souvent qu'ils ne sont pas mauvais !

Je chante le progrès, le droit, la République,
La Liberté, le peuple et la vertu civique ;
Et bien sincèrement, sans faire des façons,
De ma lyre d'airain j'extrais quelques chansons !

Mais si j'en fais parfois dont le style est étrange,
Veuillez me pardonner, car il faut que je mange,
Je rime le matin entre mes deux rideaux,
Lorsque le jour m'éclaire à travers les lambeaux !...

De nos auteurs chéris je n'ai pas la science,
Et je suis très heureux quand mon intelligence
Peut réussir à faire entrer dans mes écrits,
Les sublimes beautés de quelques bons esprits.

Je ne m'arrête pas, quand je suis moins habile,
Quand la source est tarie et ma muse stérile !
Je laisse de côté les grands airs d'inventeur,
Pour faire volontiers métier d'imitateur.

A cette œuvre, d'ailleurs, si j'ai bonne mémoire,
On peut encor parfois grappiller quelque gloire.
Je satirise donc, mais dans un but moral,
Car je suis indigné de voir régner le mal !

ACHETEZ MES CHANSONS

Poésie-Chanson

I

Naïf, à dix-huit ans je quittai mon village,
Avec de gros sabots, sans parents, sans amis,
J'allais cherchant fortune et répétant l'adage :
Nul n'est jamais prophète en son propre pays.
J'étais insouciant, sans connaître le monde,
Quand dans nos prés fleuris je gardais mes moutons
Je suis triste à présent et je dis à la ronde :
Pauvres ou fortunés, achetez mes chansons !

II

A nul être ici-bas mon sort ne fait envie ;
Je suis sans avenir et je loge au grenier ;
Le temps qui toujours fuit en abrégeant ma vie
Râpe le seul habit du pauvre chansonnier !
Je possède un enfant à la face vermeille
Que je vois prospérer en toutes les saisons ;
Avec ce seul trésor je me porte à merveille ;
Pour lui donner du pain, achetez mes chansons !

III

J'ai pleuré les malheurs de la France asservie !
En chantant ses héros je me sens transporté,
Et tout mon sang bouillonne au seul nom de patrie,
Mon cœur toujours palpite au mot de Liberté !
Éloigné des grandeurs, ma muse libre et fière
Célèbre avec respect ceux que nous chérissons ;
Je chante Béranger et je chante Molière ;
Pour ces noms immortels, achetez mes chansons !

IV

Libre comme l'oiseau sous la verte feuillée,
Je me croyais le droit de propager mes chants ;
Ma muse sans pitié fut bientôt dépouillée !
J'ai dû courber le front sous le joug des méchants.
Tremblez coquins ! tremblez devant tant de franchise,
Et vous tous charlatans, aux traîtreuses leçons !
Je flagelle sans peur le vice et la sottise...
Ennemis des vauriens, achetez mes chansons !

V

Dans mon humble réduit la fortune infidèle ;
Ne me tendit jamais sa bienveillante main !
Et comme l'innocent l'adversité cruelle
Vint toujours me frapper de son pied inhumain...
Je suis un chansonnier plein d'une ardeur fervente,
Malgré la pauvreté ma voix trouve des sons ;

En tout temps, en tout lieu, triste ou joyeux je chante ;
Amis des malheureux, achetez mes chansons.

IV

Soyez dans le commerce ou bien dans l'industrie,
Jeunes gens ! Un poète aujourd'hui meurt de faim...
Il se pourrait très-bien, malgré votre génie,
Que vous fussiez un jour sans logis et sans pain !...
Ne soyez pas ingrats, vous qui sur cette terre
Possédez en partage et vendange et moissons ;
Du pauvre chansonnier soulagez la misère ;
Frères, petits et grands, achetez mes chansons ?

CE QUE C'EST QUE
LA RÉPUBLIQUE
Poésie patriotique

On veillait dès longtemps ! pour la cause publique,
Sur celle que l'on nomme aujourd'hui : République ;
A l'abri de l'outrage et de la trahison,
Son règne est la douceur ! son règne est la raison.

République ! n'est pas une belle comtesse !
Une femme qu'un rien fait tomber en faiblesse ;

Avec valets, châteaux, titres et parchemin.
Et qui se met du noir, du blanc ou du carmin !

C'est une forte femme aux puissantes mamelles,
Avec le teint bruni, du feu dans les prunelles
A la voix de stentor, aux durs et beaux appas
Agile, décidée et marchant à grands pas !

Vierge fougueuse, enfant de la grande famille
Elle a des airs hardis, des allures de fille,
Aime les chants joyeux et le bruit des tambours,
Et chez un peuple libre elle prend ses amours !

C'est une femme enfin, qui toujours belle et nue,
Joyeuse elle apparaît... on fête sa venue...
Portant à ses côtés, l'écharpe aux trois couleurs !
Elle vient quand il faut sécher nos yeux en pleurs...

La République ! c'est la liberté sensée !
Qui permet à chacun d'avoir une pensée...
Qui veut qu'un même Etat protège en même temps,
Des Chrétiens et des Juifs et des Mahométans.

Où chaque citoyen, sans aucune imprudence,
Pense comme il lui plaît et parle comme il pense;
C'est le peuple qui peut passer d'heureux instants,
Et c'est la France libre et les Français contents !

Elle sait maintenir par ses devoirs austères,
De la simplicité les règles salutaires;
Belle par elle-même et sans vains ornements,
N'étalant pas aux yeux l'or ni les diamants.

Par son ordre jamais de discorde et de guerre,
Les peuples n'iront plus se partager la terre,
En tous lieux sous les noms de bon droit et de tort,
On ne peut établir le seul droit du plus fort...

Le frère va cesser de tirer sur son frère,
Le fils ne voudra plus s'armer contre son père;
Pas de triomphateurs et pas de conquérants...
Nul ne veut désormais obéir aux tyrans !

La République ! c'est aussi la Providence
Qui vient mettre en nos mains la corne d'abondance;
C'est le serment, le bien, les mœurs, la vérité !
La raison, la vertu, l'honneur, la liberté !

La République, veut, pour régner sur le monde,
Se faire aimer de tous, d'une amitié profonde;
Instruit par ses leçons l'habitant des hameaux,
Chassera l'ignorance, un des plus grands fléaux...

Sans apprêts et sans fard, elle dit à la France :
« Illustre nation ! renais à l'espérance !

Reprends dans l'univers ton lustre et ta grandeur !.
Je t'apporte à la fois la gloire et le bonheur !

A ceux qui me suivront je vais frayer la route,
Vers mon but, franchement ils marcheront sans doute;
Chacun sera bientôt éclairé sur ses droits,
Pour me glorifier et pour bénir mes lois !

Le cri des révoltés, la haine et la vengeance !
Ne sont plus dans les cœurs, et chaque intelligence
Au bruit de ces combats que l'on a vu finir...
Efface le passé pour tracer l'avenir !...

Les mœurs et le travail forment bien vite un monde ;
Sur l'honneur, la vertu, mon royaume se fonde;
Je m'en vais en tous lieux prêcher la liberté,
La justice, le droit et la fraternité!...

Allons, dans tous les cœurs que l'ardeur se réveille
Voilà mes chers enfants ce que je vous conseille ! »
Le peuple en attendant ces accents surhumains,
A frémi de bonheur, puis a battu des mains !

Sublime République !... Ainsi moi, je te nomme,
Apprends à tout Français à vivre en honnête homme!
Montre au peuple comment on doit s'aimer toujours;
Règne en sage... et que Dieu te donne de longs jours!

LA RÉPUBLIQUE FRANÇAISE

Posésie patriotique

Cette poésie peut être chantée sur les airs de :
Quand on n'a pas le sou ou *des Pièces de cent sous.*

___

République française ! ô toi mamelle' immense,
D'où coule en mille jets le flot de l'existence :
Mère des opprimés, déesse au vaste sein ;
L'homme a fait ta conquête, et ce n'est pas en vain.
La monarchie arrive au terme de sa vie...
Ce n'est plus qu'un long râle... une lente agonie....
Une ombre qui se traîne, et qu'un peuple vivant,
Va balayer bientôt de ce globe mouvant !

République au front pur ! que ton souffle féconde,
Et que du monde ancien, il sorte un nouveau monde.
En créant des vertus, on enfante des droits...
Corrige donc les mœurs et réforme les lois.
Voici ta mission ! c'est ton œuvre première :
Prêche la liberté, cette grande lumière !
La liberté ! c'est tout : elle épargne le temps,
Et fait en un seul jour l'ouvrage de cent ans !

Nous t'aimons fièrement, humble et grande déesse,
Sans or et sans palais, sans trône et sans richesse...

Après des jours de deuil, nous avons vu s'ouvrir
Un chemin lumineux au champ de l'avenir !
Je viens de parcourir ton immense domaine ;
Eh bien, de la Provence aux rives de la Seine,
République ! tes fils, dans leurs désirs égaux,
Ne demandent partout que travail et repos !

Fonde, par la raison, des lois républicaines
L'opprimé, désormais, pourra briser ses chaînes;
Avec toi nous marchons et l'on marche avec nous.
Ici-bas, ton pouvoir offre, seul entre tous,
Liberté sans désordre, ordre sans tyrannie;
Sans secousse, progrès, dans sa course infinie,
Nous te suivons; avance, un flambeau dans les mains.
Et pour les affranchir, éclaire les humains.

Nul ne te touchera, car c'est le peuple même,
Qui sur ton noble front a mis le diadème !
Le soldat citoyen, le gracieux enfant
Que conduit à la fête un père triomphant,
La vierge de quinze ans qui, sous la robe blanche,
Palpite de bonheur au soleil du dimanche,
Tout cela se confond et forme un mur d'airain,
Pour garantir les droits du peuple souverain !

Fils des siècles derniers, mémoire douce et chère,
Vous, dont le noble cœur consola sa misère :
Hoche, Bayard, Crillon, Lafayette et Marceau,
Tout ce que l'honneur pur a créé de plus beau !

Mânes des vrais héros, ombres républicaines,
Vous pouvez, du sommet de vos gloires lointaines,
Contempler aujourd'hui sans honte et sans frémir,
L'être avec qui la France enfin vient de s'unir.

République française ! on voit notre industrie,
T'apporter les secours de son puissant génie ;
L'espérance sourit et promet à nos vœux,
Un avenir serein et des jours glorieux.
En suivant le chemin où ton grand cœur t'entraîne,
Rien ne peut ébranler ta volonté certaine.
République française ! au sein de nos cités,
L'industrie apparaît dans toutes ses beautés !

Le ciel ne te créa que pour rendre service
A tout ce qui pâtit aux mains de l'injustice,
Et que pour soulager les pauvres nations
Fléchissant sous le poids de leurs oppressions....
Marche sans t'occuper du ricaneur immonde,
Ta robuste nature est de courir le monde,
Pour y planter partout l'arbre, tant souhaité,
L'arbre divin du droit et de la liberté !...

SALUT FRANCE CHÉRIE

HYMNE

Paroles et musique de BOILEAU.

I

Salut pays où je suis né,
Séjour béni, terre féconde ;
Salut pays prédestiné
Où l'on vit dans un autre monde :
Dans la paix et l'égalité,
Chez toi le peuple fraternise,
Et dans cette diversité,
Le genre humain se civilise.

REFRAIN.

Salut beau pays,
Charmant paradis !
Chez toi l'on oublie
La mélancolie.
Salut noble patrie,
Éternel printemps ;
Salut France chérie,
Honneur à tes enfants !

II

A la chaleur de ton beau ciel,
Toujours le papillon voltige ;
L'abeille pour créer son miel,
Puise le suc de chaque tige.
Ton printemps donne la santé,
Comme les fleurs à la prairie ;
Et l'air pur de ta liberté,
Aux malheureux donne la vie.

III

On change à son gré les plaisirs,
Chez toi, divine enchanteresse ;
Et chacun, selon ses désirs,
Peut se livrer à l'allégresse.
Un peuple qui fut sous tes lois,
Voudrait faire oublier l'histoire ;
Mais pour reconquérir leurs droits,
Tes enfants se couvrent de gloire.

IV

En dominateurs sur les mers,
Tes vaisseaux bravent la tempête ;
Tes marins, valeureux et fiers,
De l'inconnu font la conquête.
Ils ont le globe pour chantier,
Et dans leur grande traversée,

Ils portent, dans le monde entier,
A l'ignorance, la pensée....

V

Ta liberté brille toujours
Pour les opprimés, pour l'esclave,
Elle vient sourire aux amours ;
Le plaisir n'a plus une entrave.
Ton nom triomphe des revers...
Le Rhin qui fut notre puissance,
Nous fait entendre dans les airs :
« Honneur aux enfants de la France ! »

VI

Tu vas délivrer l'univers
Des ténèbres du fanatisme,
Enseigner aux peuples divers
Les grandeurs du patriotisme.
Tu répands partout le bonheur,
Par le travail et l'espérance,
Et montre en tous lieux la splendeur
Du noble drapeau de la France !

LA VIE D'UNE EPINGLE

Poésie.

Airs: *De la Corde Sensible, du Quartier Latin, du Lit,*
des Comédiens, etc.

~~~~~~~~~~~~~~~~~~~~~~~~~~~

Petite épingle, ah ! conte-moi ta vie ;
Dans le bonheur ou dans l'adversité ;
As-tu souffert ! fus-tu digne d'envie ?
Je veux savoir toute la vérité ?

« Un jeune enfant me trouva dans la rue,
Et chez sa mère, il m'apporte en riant,
Un nouveau né, bientôt frappa ma vue,
Et j'attachai ses langes en brillant.

L'enfant grandit je ne fus plus utile,
On me jetta sans regrets, sans adieux,
J'allais mourir; mais ma forme subtile,
Au bout d'un mois fixa deux grands yeux bleus.

C'était le fils d'un ancien militaire,
Qui m'aperçut me roulant de douleur,
Il me ramasse et m'apporte à son père,
Pour attacher sa noble croix d'honneur !

Pendant trois ans fixée à sa poitrine,
Avec orgueil je brillais au grand jour,
Mais il mourut et sa veille voisine,
Bien tristement me ramasse à son tour.

Sous le chapeau d'une mère en détresse,
Qu'un voile épais couvrait de ses longs plis,
J'aidais longtemps à cacher sa tristesse,
Çar pour l'exil dût s'éloigner son fils !...

Humble et polie allant de par le monde,
Tant bien que mal j'attachais des haillons,
J'allais mourir mais une tête blonde,
Me fit piquer de légers papillons.

L'enfant cruel de ma pointe émoussée,
Se lasse enfin et je pus respirer,
Exprès par moi sa main était blessée,
D'un sort meilleur j'eus tout lieu d'espérer.

Croyant un soir que j'étais une aiguille,
Deux doigt rosés me prirent doucement.
J'étais enfin près d'une jeune fille,
Je vis venir le bonheur sans tourment.

De son fichu de légère dentelle,
Qui recouvrait ses épaules, ses bras,
Je rattachais les coins brodés par elle,
Moins frais encor que ses chastes appas.

Contre son cœur qui battait en cadence.
J'étais heuréuse en gardant sa vertu,
Il est si doux d'aborder l'innocence,
Quand pour jamais on se croyait perdu.

Loin des chagrins maintenant je repose,
Près d'un trésor dans un joyeux séjour,
Je suis l'épine attachée à la rose,
Et mon acier sait défendre l'amour. »

Petite épingle enfin voilà ta vie,
Dans le bonheur ou dans l'adversité,
Loin de souffrir tu fus digne d'envie,
Si tu m'as dit toute la vérité.

LE CHANT DE LA LIBERTÉ

Poésie patriotique.

Cette poésie peut être chantée sur les airs de :
Quand on n'a pas le sou ou des *Pièces de Cent sous!*

Liberté ! Liberté : bel ange aux larges ailes !
Et qui fait palpiter d'ivresses immortelles,
Ton sein toujours ouvert aux nobles voluptés,
Plane comme une étoile au-dessus des cités...

Germe pur et sacré, fontaine de la vie,
Source du mouvement qui n'est jamais tarie !
Enfin, tout ce qui vit sur ce globe agité,
Tout veut boire à long trait l'air de la liberté !

Liberté, Liberté ! que ta brûlante haleine,
Couvre de mille fleurs la montagne et la plaine !
Comme l'astre qui vient de l'Orient vermeil,
Sois les rayons dorés du splendide soleil !
O République humaine ! ô joie universelle !
En apportant l'espoir d'une aurore nouvelle,
Sous les traits imposants d'une divinité,
Tu te dresses puissante, ô grande Liberté !

Fonde des lois réglant le temps de toute affaire;
Temps pour être au travail et temps pour ne rien faire,
Des lois d'égalité, dans l'intérêt commun,
Et pour le juste emploi des forces de chacun.
Pensons au temps de trouble et de rumeur humaine,
Et qui peut entraîner une race païenne,
Peut monter, comme un flot, un peuple déhonté,
Jusqu'à l'abus de tout, même de liberté !

Pour avancer d'un pas, le troupeau populaire,
Plaignons, de tout mortel, le trépas volontaire ;
Plaignons surtout celui qui, souffrant de nos maux,
Gravit l'âpre colline, une croix sur le dos !...
Pensons à tout cela ! lorsque notre pensée,
Sur un pareil sujet, sera toute épuisée,

En soupirant, fêtons la magnanimité
De quiconque, ici-bas, meurt pour la Liberté !

La Liberté, pour nous, est une sentinelle,
Sublime de beauté, grande et forte comme elle ;
Qui, telle que la foudre et d'un élan soudain,
Paraît le casque au front et la pique à la main ;
C'est la garde civique, immortelle patronne,
Qui veille sur le peuple, et de soins l'environne ;
Et monte, s'il le faut, à l'heure du danger,
Debout, sur nos remparts, qu'insulte l'étranger !

Pleine du souvenir de sa forte origine,
Elle impose le calme à la guerre intestine ;
Elle marche, portant les tables de la loi :
L'émeute, à cet aspect, s'enfuit pâle d'effroi !
Le genre humain abat les murs de la patrie...
Les sciences, les lois, arts, commerce, industrie,
Tout naît pour tous ; les flots déjà sont maîtrisés,
La Liberté nous dit : Peuples, fraternisez !

Lorsque les lourds canons, à l'horizon mugissent ;
Que des lueurs de sang, les vastes cieux rougissent,
Et que dans les vallons roulent les cris de mort !
Chante, divin poète, et, quelque soit ton sort...
Chante la liberté, du soir jusqu'à l'aurore :
La paix, l'égalité, déesse qu'on adore ;
De la fraternité, viens encenser l'autel,
Chante la liberté, ce bonheur éternel !

La Muse doit surtout avoir l'âme occupée,
Lorsque la Liberté, mortellement frappée,
Expire sous les pas d'un conquérant brutal...
Quand l'étranger, vainqueur, foule le sol natal !
Le peuple valeureux, au cœur rempli de flamme.
Au désespoir, jamais n'abandonne son âme.
Du haut du sombre char, vers la mort, emporté,
Il te bénit encore, ô sainte Liberté !

L'OR ET LA PROBITÉ

Poésie Satirique.

D'après *l'Honneur et l'Argent* de PONSARD.

Aujourd'hui la vertu n'est rien par elle-même ;
La richesse en ce monde est la reine suprême ;
L'argent au déshonneur prête bien des appas ;
La vertu sans argent ne se respecte pas !

On considère un homme après une rencontre,
Non pour la probité, mais pour l'argent qu'il montre,
Et chacun va disant que nul n'est son égal !
Les gens sont honorés selon leur capital.,.

J'ai le savoir, l'honneur de l'âge le plus tendre,
Je voudrais emprunter, étant certain de rendre,

Mais on ne prête pas ainsi sans sûreté...
Sur le talent d'un homme ou sur sa probité !

On ne prête aujourd'hui, malgré tout sacrilége,
Que sur bonne hypothèque ou sur bon privilége,
Et nous voyons des gens qui disent : « Je maintiens
Qu'on est récompensé de se conduire bien !

Continuez ainsi, soyez toujours honnête ;
On est fort, quand on a la conscience nette
Vous êtes malheureux, mais le besoin d'argent,
Ne doit j'amais fléchir un homme intelligent !

Plus il est éclairé, d'autant plus je l'accuse
Et les besoins d'argent ne sont pas une excuse. »
Il est vrai; cependant, quand on manque de tout,
Il faut qu'on soit bien pur, pour l'être jusqu'au bout !

Après tous les refus que sans cesse il affronte !
Le malheureux est las de dévorer sa honte !
Mais s'il est repoussé de chacun et partout
Le pauvre n'a pas droit d'écouter son dégoût !

Il n'est pour le flétrir, pas d'injure assez forte,
Et s'il va quelque part on le met à la porte...
— Sans doute vous direz que je vois tout en laid !
Non, Messieurs, non ; je vois le monde tel qu'il est.

On ne meurt pas de faim ! dit-on ; Moi je soupçonne,
Que l'on peut en mourir sans émouvoir personne !
Riche, les visiteurs dévoreront vos jours...
Mais pauvre, vous serez abandonné toujours !

On fuit en vous voyant, car les gens sans ressource,
Passent pour dangereux à l'endroit de la bourse !
Devenez riche ! alors pour vous tout changera,
On vous recherchera, puis on vous saluera !

Sans argent il nous faut renoncer aux conquêtes !
Les amoureux rapés font peu tourner les têtes...
Pour plaire il faut avoir costume recherché,
Et non pas l'air d'un clerc d'huissier endimanché...

Pourtant je me plais bien dans une humble défroque,
Lorsque je vois des gens dont le luxe me choque,
Qui veulent posséder des habits élégants,
Et qui ne dînent pas pour acheter des gants !

La pire pauvreté, la misère profonde,
Est celle qu'on promène, en gants blancs dans le monde;
L'homme humblement vêtu porte dans son esprit,
L'honneur que ses voisins portent sur leur habit !

L'argent, Messieurs, l'argent, c'est la seule puissance,
On a quelque respect encore pour la naissance,

Pour le talent fort peu, point pour la probité :
Mais qui s'ait s'enrichir et vraiment respecté !

Le vrai lion du jour, le héros, l'homme rare !
Ce n'est pas celui-là que l'amour-propre égare,
Mais bien celui qui sait montrer partout comment
On étale, au grand jour, sa honte effrontément.

Celui qui dit : Messieurs, je fais comme vous autres ;
Honorables faquins, place ! je suis des vôtres....
— Vous, Monsieur, vous n'avez ni parole, ni foi,
La richesse, l'argent est votre seule loi ;

Touchez-là ! — Vous, Monsieur, à la fin de la lutte,
Vous flattez la victoire et flétrissez la chute ;
Soyons amis ! — Salut, à vous, ô débauché,
Que le mot effarouche, et non pas le péché !

Salut à tout vaurien, salut, ô parasite,
Qui sourit des gros mots que le crétin débite !
Banqueroutiers, valets, libertins, renégats,
Fripons de toute espèce et de tous les états,

Salut ! nous nous devons un respect réciproque ;
Nous comprenons l'esprit positif de l'époque,
Nous sommes des pieds-plats, des marauds oui d'accord
Mais l'honneur est à nous, car nous avons de l'or !...

LA VÉRITÉ

Chanson Satirique.

AIR : du *Grenier de Béranger*.

I

La vérité, dit-on, ne doit se dire ;
Mais moi je veux, pour la sécurité
De l'être humain qui sous les cieux respire,
Dire sans crainte ici la vérité.
La calomnie est chose criminelle,
Et le mensonge est une lâcheté;
On ne voit pas un ami bien fidèle,
Voilà, Messieurs, voilà la vérité !

II

La vérité, cette grande lumière,
Que Dieu nous donne à tous, petits et grands,
Doit préserver le sage sur la terre
Et des fripons et des vils intrigants.
Le faux dévot ne cesse de nous dire
Que par bon cœur il fait la charité ;
Devant sa porte un indigent expire;
Voilà, Messieurs, voilà la vérité !

III

J'entends les clefs que le geôlier agite,
Car du malheur c'est là-bas la maison !
Je viens d'avoir d'un ami la visite
Qu'un créancier fait conduire en prison ;
Sa femme est là... quatre enfants en bas-âge,
Réduits, hélas ! à la mendicité !
Leur avenir, c'est le vagabondage !
Voilà, Messieurs, voilà la vérité !

IV

Voyez ces gens que la misère accable :
Ils vont mourir et de froid et de faim...
Donnez au moins les restes de la table !...
Riches heureux vous avez trop de pain !
En char doré voyez cette opulence,
Quand les pieds nus marche la pauvreté.
Mais la mort vient : l'égalité commence ;
Voilà, Messieurs, voilà la vérité !

V

De notre temps, où tout est marchandise ;
On a l'honneur, quand on a de l'argent !...
Et nous voyons, saluer la sottise
Avec de l'or, ah ! c'est trop outrageant.
Vous intrigants au cœur sans conscience,
Qui ne vivez que de duplicité ;
Vils exploiteurs de la fausse croyance
Disparaissez ! place à la vérité !...

L'HOMME DE PROGRÈS

Poésie.

Siècles ! redressez-vous de toute votre taille.
Venez pour contempler la nouvelle bataille
Pour voir un autre chef et des soldats nouveaux
Qui vont des éléments changer tous les niveaux.

Les bâtiments, partis de chaque métropole,
Naviguent sur les mers de l'un à l'autre pôle,
Sur la terre et sur l'onde on se trace un chemin !
On le fait, fallût-il un travail surhumain....

On change en un clin-d'œil, de climats, de rivages ;
Et l'on trouve en chemin des peuplades sauvages :
Bravant la faim, la soif dans des sables sans puits,
Les torrides soleils et la glace des nuits !

A travers l'infini des mers vertes et bleues,
On fait en quelques jours, quarante mille lieues ;
Sur nos mâts pavoisés, les joyeuses couleurs,
Des peuples opprimés vont calmer les douleurs.

Ecoutez le volcan de la locomotive,
Qui passe en ébranlant le talus de la rive.
La ville constellée éblouit tous les yeux,
On dirait à la voir, belle comme les cieux.

Que ce soir chaque étoile en secouant ses ailes,
A sur elle laissé tomber des étincelles,
Et tous ces feux, venant de l'éther argenté,
Forment un océan où nage la cité !

On voit des travailleurs l'innombrable phalange,
Avec le pic en mains et les pieds dans la fange,
Marchant où le soleil se lève à l'horizon ;
C'est là le vrai chemin qu'indiquent la raison.

Creusons le sol aride et puis pour récompense
Nous en récolterons le calme et l'abondance !
Peuples ! si nous voulons avoir des jours meilleurs,
Changeons le fer du sabre en pic de travailleurs !

La hache, le compas, le levier et l'équerre,
Instruments par qui l'homme au monde fait la guerre,
Et sans cesse en arrache, en un vaillant effort,
Et la moelle et le sang qui le rendent plus fort !

Outils bien plus nombreux, plus parfaits d'âge en âge ;
L'un de l'autre engendré par un secret lignage...
Honneur aux noms fameux, des héros inventeurs,
Qui mettent dans nos mains ces outils rédempteurs !

Nous ne connaissons plus d'insolubles problèmes !
Ce sera pour nos fils, si ce n'est pour nous-mêmes.
Nous allons voir jaillir des fibres d'un cerveau,
Une machine humaine, un instrument nouveau !

L'homme après avoir fait tant d'efforts illusoires,
Pour l'océan des cieux trouvera des nageoires,
Et dans l'immensité le gouvernail en main,
A des wagons sans rails prescrira leur chemin.

Peut-être une étincelle au Tout-Puissant ravie,
En d'innombrables jours doit prolonger la vie,
Et, dans un autre Eden, va mettre à nos genoux
Les trésors inconnus qu'Adam perdit pour nous ?

Plus glorieux, plus grand, que ces grands capitaines
Qui vont jusques au fond des régions lointaines ?
Ainsi que des cailloux l'homme écrase des monts ;
Il donne au fer des bras, des pieds et des poumons ;

Plus vite qu'on ne creuse un sillon de charrue ;
Dans les flancs de la terre il enfonce une rue ;
Des ponts irrigateurs, pour féconder le sol,
Déroulent à sa voix leur gigantesque vol ;

Il foule sous ses pieds des tapis de bitume ;
Il éclaire les airs par un feu qu'il allume ;
Cette clarté magique étale l'appareil ;
Dans un sublime élan à la foudre pareil ;

Une voix électrique, avant quelques secondes,
A travers l'Océan passe au bout des deux mondes !
Mais ce n'est point assez; l'homme va maintenant,
Sans effort, découvrir un autre continent...

Devant le travailleur plus rien ne se dérobe
Le voilà qui s'apprête à repétrir le globe,
Et dans tout l'univers de l'un à l'autre bout,
Pour marcher au progrès les peuples sont debout !

LA FRANCE PROSPÈRE

Poésie patriotique.

La paix renaît en France et la discorde expire ;
Libre de toutes parts le peuple enfin respire ;
Le commerce en tous lieux transporté sur ses bords
Aux autres nations prodigue ses trésors !

L'aspect de nos climats, depuis longtemps célèbres,
Partout de l'ignorance éclaircit les ténèbres,
Et sur nos pas les arts, allumant leur flambeau,
Vont remplir l'univers de leur éclat nouveau.

Tout grandit, tout fleurit, tout se métamorphose,
Et l'obscur avenir se fait couleur de rose ;
La République vient pour ranimer l'ardeur,
Déjà l'on voit renaître une ère de splendeur.

Et l'on dira bientôt que de nos jours la France
A fait du monde entier, soulageant la souffrance,

Succéder, sous les coups de ces nouveaux soldats,
La gloire de la paix à celle des combats.

Par sa lumière ardente elle éclaire le globe
Et tient la liberté dans les plis de sa robe !
Distinguons seulement dans cet état normal,
La liberté du bien d'avec celle du mal !

En se gardant toujours des fâcheux équilibres.
Les hommes, ici-bas, sont faits pour être libres !
Qu'ils soient dorés sur tranche ou vêtus de haillons,
Sous le même drapeau rangés en bataillons.

Quand du bonheur de tous on écrira l'histoire,
C'est à notre pays, qu'en reviendra la gloire,
Aux peuples arriérés il montre ses décrets,
En prenant dans ses mains la cause du progrès.

Son souffle a pénétré chez les peuples sauvages,
Il a fertilisé leurs inféconds rivages...
Pour ses vins et ses blés, dans sa maison des champs,
Le paysan se voit assailli des marchands.

Il nous faut travailler en ce temps où nous sommes
C'est à leur travail seul qu'on distingue les hommes.
Riche, haut dignitaire ou simple citoyen,
Tout être qui travaille est un homme de bien !

Quand par les soirs d'hiver, on entend une plainte,
Une lugubre voix dans le brouillard éteinte

Gémir au fond des cours, je ne suis pas de ceux
Qui disent : c'est encore un pauvre, un paresseux !

A l'instant cette voix crie au fond de mes vèines :
Qui sait si l'un des tiens vers des portes hautaines,
N'a pas, dans l'ombre aussi, traîné son dénûment ?
Voilà ce que j'entends dans ce sombre moment !....

Ignorance ou misère est une lèpre immonde !
Un monstre affreux qui doit disparaître du monde !
Nous pouvons, dès ce jour, dire à tout l'univers,
Que de la France entière ont cessé les revers.

Grâce au travail le sol doublement se féconde
Et donne les produits qui vont nourrir le monde !...
Courbé sur sa charrue, un vaillant laboureur,
A trouvé dans son champ la source du bonheur.

Beau ciel, pluie et chaleur excitent son envie,
Vendanges et moissons sont l'espoir de sa vie....
Lorsque vient la saison il voit son blé mûrir ;
Il aura bien vécu quand il faudra mourir.

Pour ramener un peuple à sa splendeur première,
De la discorde il faut renverser la barrière,
Étouffer les erreurs en respectant les lois,
Et que la vérité fasse entendre sa voix.

Le pays va goûter le charme de la vie,
Et malgré les jaloux triompher de l'envie ;

Sachez que quand la France avec lui dit : je veux !
On n'a pas le pouvoir de rejeter ses vœux...

Nul ne la fera plus retourner en arrière ! ! !
Sans s'arrêter un jour, poursuivant sa carrière...
Devant ses ennemis sortant de leur néant....
Elle vient d'accomplir son œuvre de géant !

La République enfin, qui fut longtemps bannie...
Devant elle a déjà fait fuir la tyrannie !
Chacun va respecter la grande nation
Tout ! Dieu, l'espèce humaine et la création...

Chère France, un instant on te croyait perdue,
Mais ta prospérité triple son étendue ;
L'air sombre et corrompu du règne féodal !
Disparaît en tous lieux au souffle libéral...

L'HOMME D'HONNEUR

Poésie satirique.

D'après l'*Honneur et l'Argent* de PONSARD.

On parle de l'honneur ! ça ne plaît qu'en maxime ;
Aujourd'hui la fortune obtient toute l'estime,
Et je puis sans danger vous le dire au surplus,
Que c'est toujours l'argent qu'on estime le plus !

Mais à mon sentiment la valeur de la somme
Est peu de chose auprès de la valeur d'un homme !
La richesse est souvent un effet du bonheur ;
Mais on ne doit qu'à soi d'être un homme d'honneur.

Ce que je place enfin plus haut que la richesse,
C'est la bonne conduite et la délicatesse ;
Les mœurs et la vertu, l'honnête gagne-pain.
Et celui-là qui vit du travail de sa main !

Quand on est comme moi connaissant bien les hommes..
On a pas d'autre avis dans le siècle où nous sommes !
Ce siècle corrompu, ce siècle sans pudeur.
Ce siècle où la richesse est la seule grandeur !

Où l'on comble d'égards le fripon qui s'engraisse ;
Où la probité pauvre est un manque d'adresse ;
Où la condition où les hommes sont nés ;
Les a, plus d'une fois, absous ou condamnés....

On voit dans les salons des gens fort honorables,
Qui seraient en prison étant nés misérables
Et par un sort inverse, on en voit en prison,
Qui, nés riches, feraient honneur à leur maison !

Aux paisibles vertus la fortune les pousse,
Et par le droit chemin les conduit sans secousse,
Comme la probité ne les prive de rien..,
Il leur en coûte peu de se conduire bien !

Lorsque l'on est pourvu de tout ce qu'on souhaite ;
Il faudrait être un sot pour ne pas être honnête ;
Aisément en parole on brave le besoin,
On est fort contre un mal que l'on n'éprouve point !

Nul de sa probité ne peut donner la preuve,
S'il n'est au moins sorti triomphant d'une épreuve :
Pour croire en sa vertu, pour en avoir ce droit,
Il faut avoir souffert de la faim et du froid !

Et celui qui résiste à toute œuvre malsaine,
Peut vanter, sans orgueil, sa probité certaine :
Mais on est jamais sûr, bien sûr d'une vertu,
Qui n'a pas vaillamment et longtemps combattu !

Riche, on vous salûra, même sans vous connaître ;
Chacun s'empressera, si l'on vous voit paraître ;
Pauvre, vous trouverez des amis en chemin,
Et pas un ne viendra vous présenter la main....

Je le crois bien : un homme estimable du reste,
Atteint de la misère, est atteint de la peste...
Vous fûtes accueilli ! Si vous êtes exclus !
C'est que vous étiez riche et vous ne l'êtes plus...

Heureux, on peut compter des amitiés sans nombre,
Mais adieu les amis, quand le temps devient sombre...
On ne vient plus vous voir ! Les amis, c'est bien mieux :
Je les ai vu s'enfuir, vus de mes propres yeux.

Qu'un homme soit sans foi, trahisse sa parole,
S'enrichisse aux dépens des gens simples qu'il vole,
Qu'habile à manier des chiffres imposteurs,
Il soit le plus fripon des grands spéculateurs ;

Qu'il soit ainsi monté, de parjure en parjure ;
Pourvu qu'il ait chez lui ce que l'argent procure
Il suffit : ses salons seront très-fréquentés,
Étant riche, il reçoit, ses diners sont vantés.

Quand on a des écus, ou vous dit très-habile,
Même lorsque l'on est le plus grand imbécile ;
Mais ayez tout l'esprit qu'un homme peut avoir,
Si l'on est sans argent, on a pas de savoir !

La fortune selon qu'elle est meilleure ou pire,
Jusque sur la pensée exerce son empire ;
Tels sont amis de l'ordre et se croient convaincus ;
Ils sont conservateurs pour garder leurs écus !...

Je ne veux pas prouver qu'il n'est point d'honnête homme,
Chez le riche : Il en est qu'à bon droit on renomme ;
Il en est qui les yeux fixés sur le devoir,
D'un pas toujours égal, marchent sans s'émouvoir,

Et devant eux les fats que je n'estime guères,
Me paraissent encore plus sots et plus vulgaires.
Mais ce qu'on doit placer avant le grand seigneur,
Avant l'homme opulent ; c'est un homme d'honneur.

HYMNE AU TRAVAIL

Poésie.

Enfant de l'artisan, travailleur héroïque !
Sois fier de l'avenir : voici la République !
Fête donc sa venue ! après elle les jours
Ne seront plus pour toi laborieux et lourds…

L'ouvrage est déjà là ; la faim… morne fantôme !
Ne viendra pas rôder près de l'outil qui chôme ;
On n'entendra jamais, comme autrefois le chant
De l'ouvrier à jeun devenu mendiant…

Déesse du travail, ô divine ouvrière !
A celui qui s'arrête ou retourne en arrière,
Tu diras : Marche encore, et lutte contre toi !
Ouvrier valeureux voici, voici ta loi !

O douleur ! ô douleur marâtre sans entrailles,
Toi qui dévore l'homme en lui disant : travaille.
Nous voulons que ton glaive, à nous poindre acharné,
Recule et tombe enfin de ton bras enchaîné ;

Nous voulons que la Paix, dont l'abondance est mère,
Ici-bas, soit durable et non plus éphémère…
Jusques au dernier jour, son utile aiguillon,
Saura relancer l'homme au bout de son sillon.

Car le travail à tous, ouvre ses grands domaines,
C'est le consolateur des misères humaines ;
C'est un ami fidèle, un éternel appui,
Qui ne trahit pas ceux qui se donnent à lui !

Travailleur vertueux, si ton cœur s'exaspère,
Pense à la République, elle seule est ta mère !
C'est ton patron, ton chef... D'autres peuvent venir,
Qui soudain, te diront : « Bats-toi, pour en finir... »

Ne les écoute pas, laisse dormir les balles ;
Le fer n'a jamais fait les portions égales :
Le fer tue... et c'est tout ! reste dans ton chantier ;
Le travail a toujours séduit le monde entier !

Architecte fameux, le travail édifie !
Le travail, c'est l'esprit, c'est le progrès, la vie,
C'est le bonheur, l'amour, un Dieu qui de sa main
Dirige le soleil comme le genre humain.

Le travail, c'est le monde et ses métamorphoses,
Qui désigne la place aux hommes comme aux choses.
Contre tous les tyrans et les maux du passé,
Le travail ici-bas est un bélier dressé !

C'est l'arme de la paix ! l'arme que rien ne brise,
Et dans la rude guerre en ce siècle entreprise,
Nul n'a mieux combattu, nul ne s'est mieux conduit,
Que le pauvre ouvrier qui fait si peu de bruit.

Le travail abolit les vieilles mœurs serviles,
Fait la paix avec l'homme et la guerre aux reptiles,
On peut par le travail tout vaincre et tout calmer ;
C'est lui qui fraternise en nous disant d'aimer.

Le travail fécondant les terres infertiles,
Cultive les épis qui vont nourrir les villes,
Et du Danube au Nil, et du chaume au palais,
Sur le marbre ou la soie éclatent ses reflets.

Aussi, noble artisan, pour ton œuvre accomplie,
Pour avoir répandu le bien-être et la vie,
Pour tant de maux vaincus, quelle immortalité !
Quels lauriers, travailleur, n'as-tu pas mérité ?

Partout ton nom rayonne ! à souhait on l'exale !
Devant Dieu, quelle palme à la tienne est égale ?
Par toi, d'un peuple entier refleurit le vieux sang ;
Et le luxe des rois à l'ouvrier descend.

Ce sont les vents du Nord, les éclairs et les ombres,
Ainsi que les vapeurs et les nuages sombres,
Qui se fondent aux feux de l'astre oriental,
Et s'inclinent devant ton rameau triomphal.

Le matin on entend l'outil toujours sonore
Du travailleur actif qui devance l'aurore ;
Chaque nuit sur le front de l'ouvrier qui dort,
L'étoile du travail vient mettre un rayon d'or.

Le travailleur sans cesse invente, agit, calcule,
Marche, marche toujours, jamais il ne recule ;
C'est par le travail seul qu'on a la Liberté !
Comme l'Égalité par la Fraternité !

LA FRATERNITÉ

Poésie-Chanson philosophique.

I

Vous me voyez sur le déclin de l'âge,
Les cheveux blancs et les traits amaigris,
Suivez, amis, tous les conseils du sage,
Car jamais fou ne porta cheveux gris ;
Ainsi que vous, j'ai vécu d'espérance,
Sur l'avenir j'ai souvent médité;
Mais à mes yeux, chers enfants de la France,
Rien n'est si beau que la fraternité !...

II

Au temps passé quand nous faisions la guerre,
Nul parmi nous, ne craignait le danger,
Et, très-souvent, en voyant la misère,
Le pain français secourait l'étranger....

Quand on chantait la gloire et l'espérance,
Nos ennemis, alors en sûreté,
Chantaient aussi, pour leur indépendance,
Rien n'est si beau que la fraternité!.,.

III

Voyez déjà, couvert d'un voile sombre,
Notre présent comme notre avenir ;
Mes bons amis, le soleil est dans l'ombre !
Bientôt, je crois, le monde va finir...
Le plus grand roi descendra de son trône
En s'écriant : Voici l'éternité !
Au malheureux chacun fera l'aumône,
Rien n'est si beau que la fraternité !...

IV

Quand nous serons dans l'éternel asile,
D'où nul de nous ne s'exempte ici-bas,
Nos corps, hélas ! deviendront de l'argile,
Que nos enfants fouleront sous leurs pas.
Petits et grands, riches dans l'opulence;
Quand la mort vient, règne l'égalité !
Tendez la main au pauvre, à l'indigence,
Rien n'est si beau que la fraternité !...

V

La mort viendra bientôt faire sa ronde,
Car je suis vieux ; mais dans notre entretien

Je lui dirai : Je pars pour l'autre monde,
Fier et content, je ne regrette rien.
Ah ! croyez-le, peu de chose est la vie,
Et la grandeur et l'immortalité ;
Pour moi, ces mots sont seuls dignes d'envie :
Rien n'est si beau que la fraternité !...

VI

Comme autrefois, France, lève la tête,
A l'univers montre ton front d'airain ;
Tu guideras nos pas vers la conquête,
La liberté montrera le chemin !...
Dès ce grand jour, notre chant d'allégresse
Retentira dans la postérité !...
Et nous dirons amis, avec ivresse :
Rien n'est si beau que la fraternité !...

C'EST LA VAPEUR !

Chanson.

Paroles et Musique de BOILEAU.

Regardez toutes ces merveilles,
Que je ne puis dire en détail ;
Ce sont les produits de nos veilles ;
Produits de l'art et du travail !

Voyez sur la terre et sur l'onde,
Ces chefs-d'œuvre du créateur !
On va jusque dans l'autre monde !
    C'est la vapeur !

Les vaisseaux bravent les tempêtes,
En dominateurs sur les mers.
Les ballons planent sur nos têtes,
Dans le grand royaume des airs.

Voyez tous ces fils électriques !
Sortant des mains du travailleur,
Voyez ces chemins fantastiques,
    C'est la vapeur !

Qui donc roule, bondit et nage,
Pour la paix de l'humanité ;
Et qui porte en son blanc nuage
Progrès, justice, liberté !

Dans les chantiers, dans les usines,
Bravant le froid et la chaleur !
Quel est ce troupeau de machines ?
    C'est la vapeur !

Quelle est l'œuvre mieux accomplie
De l'homme modeste artisan,
Qui répand le bonheur la vie,
Pour l'avenir, pour le présent.

Qui doit supprimer le servage,
Quel est donc notre bienfaiteur ?
Humble ouvrier qui te soulage ?
    C'est la vapeur !

Qui va du couchant à l'aurore
Passant les frontières, les monts.
L'Inde, la Chine, le Bosphore,
Avec bras, pieds, âme, poumons ?

Qui porte en tous lieux l'espérance ?
Qui montre partout la splendeur
Du drapeau de l'indépendance ?
    C'est la vapeur !

Bientôt l'insoluble problème !
Jaillira vaincu d'un cerveau,
Et l'on ira, faveur suprême,
Découvrir un monde nouveau !

A travers la route inconnue,
Ceux qui verront ce novateur
Diront, saluant sa venue,
    C'est la vapeur !

Où s'arrêtera la science ?
Le progrès dont on est témoin,
Qui peut dire à l'intelligence
Assez, tu n'iras pas plus loin ?

Notre existence est incertaine !..,
Demain un grand réformateur,
Prouvera que la race humaine,
C'est la vapeur !

LE MOMENT DE L'ÉTERNITÉ

Poésie philosophique.

I

Protégeons-nous, dit une loi suprême !
Rien n'est si beau que la Fraternité !
Notre union résoudra le problème
Que l'avenir pose à l'humanité.

Assis ensemble au banquet de la vie
Petits et grands, formant l'Égalité,
Déposeront et la haine et l'envie
Au moment de l'éternité !...

II

Des travailleurs l'innombrable phalange
Qui chaque jour devance le soleil,
D'un air plus pur fait un heureux échange,
Et dans ses flancs coule un sang plus vermeil !

Ne prends en main que le fer qui féconde,
Noble artisan ! l'antique liberté !
De ses rameaux ombragera le monde
    Au moment de l'éternité !

III

Dans un grenier nous voyons l'indigence,
Attendre en vain le denier d'un puissant,
Qui dans un char traîne son existence
Et de poussière inonde le passant !

Ce bon vieillard, chargé de sa besace,
Va mendier une humble charité !
Près d'un richard le pauvre aura sa place
    Au moment de l'éternité !...

IV

Peuples pour nous il n'est plus de barrière ;
Vivons en paix sous le même drapeau ;
On nous donna la céleste lumière
Pour éclairer notre divin flambeau !

Fils de seigneur ou de famille obscure,
Vivant dans l'or ou dans la pauvreté,
Nous aurons tous la même sépulture...
    Au moment de l'éternité !.,.

V

Renais, travail, fleuris, belle industrie !
Que les beaux-arts éclairent le chemin !
En nous aimant, enfants de la Patrie,
Chacun de nous aura toujours du pain !...

Dans l'univers que tout homme soit frère !
Plus de discorde enfin ! la Vérité ?
Depuis longtemps règnera sur la terre...
 Au moment de l'éternité !...

QUAND ON N'A PAS DE PAIN

Chanson.

Paroles et Musique de BOILEAU. — Air : l'Honneur et l'Argent.

Déjà, des droits de l'homme, ici, l'ère féconde,
S'ouvre et du globe entier accomplira le tour ;
Et sur tous ces débris, Dieu crée un nouveau monde,
Espérance, Espérance, on fête ce grand jour !
Divine humanité, règne, voici ton âge,
Que tous les vieux échos veulent nier en vain.
Allons semer le grain au bord le plus sauvage :
On est bien malheureux, quand on n'a pas de pain !

Si le travail constant, sous son joug tutélaire,
Pousse le paysan dans des plaines sans fin...
C'est afin de nourrir, sur cette immense terre,
Ceux qui sont poursuivis sans cesse par la faim...
La nature aime l'homme, et chaque jour lui donne
Une substance saine, avec des flots de vin ;
Des fleurs et des fruits d'or, il fait une couronne...
On est bien malheureux, quand on n'a pas de pain !

Pour qu'on ne mette pas notre courage en doute,
Il faut nous signaler entre mille rivaux :
Mais il est malaisé de se frayer sa route,
Et l'on acquiert un nom que par de longs travaux.
Qu'une race au front pur, ici-bas se propage,
Et que le travail soit l'excitant souverain ;
Travaillons mes amis, ne perdons pas courage ;
On est trop malheureux quand on n'a pas de pain !

Sans le travail, un homme est un bien petit être ;
Ce n'est qu'un faible atôme en ce vaste univers.
Avec lui, le malheur, d'ici, doit disparaître,
Et le globe est sondé dans ses replis divers...
C'est encore avec lui, que l'homme, sans bassesse,
Des modestes vertus, suit toujours le chemin.
On peut, par le travail, acquérir la richesse ;
On est bien malheureux, quand on n'a pas de pain !

Liberté, Liberté ! ah ! la douce Espérance,
La dernière toujours au seuil des malheureux ;

Cette vierge attachée au pas de la souffrance,
Ne nous a pas encore adressé ses adieux !
Mère de l'indigent, sublime souveraine,
Tu ne souffriras plus que l'on tende la main...
Pour le peuple, tu tiens le travail en haleine ;
On est bien malheureux, quand on n'a pas de pain !

Dans le travail, on voit briller l'intelligence ;
Le travail donne au cœur un noble sentiment ;
On peut toujours, par lui, soulager l'indigence ;
Le travail, mes amis, sauve du dénûment...
Hâtons-nous, le travail est tout sur cette terre ;
Hâtons-nous, car il faut songer au lendemain,
Ce n'est qu'en travaillant que l'on se régénère...
On est bien malheureux, quand on n'a pas de pain !

UN PETIT COIN

Chanson satirique.

Paroles et musique de BOILEAU

I

Un petit coin ne peut suffire,
A tous ces gros ambitieux.

Ils voudraient la terre et les cieux,
Tout cela pour faire un empire.
Près de Maria, Paul est très bien,
Car c'est l'amant le plus fidèle,
Il ne demanderait plus rien,
S'il avait pour vivre avec elle,
Un petit coin, un petit coin !

II

Un petit coin est agréable
Pour passer de joyeux instants,
Quand on est entre bons vivants,
On ne quitterait plus la table ;
Le vrai bonheur vous tend les bras,
Sans étiquette et sans mystère,
Lorsqu'on peut faire un bon repas,
On est heureux sur cette terre,
D'un petit coin, d'un petit coin !

III

Un petit coin chez une femme,
Lorsque l'on est l'ami du cœur,
Fait le délice et le bonheur,
Je le jure ici sur mon âme.
Mais si l'époux rentre soudain,

Quand vous êtes chez l'infidèle,
La femme, cet esprit malin,
Pour vous cacher, elle a chez elle
Un petit coin, un petit coin !

IV

Un petit coin au cimetière
N'est pas assez pour l'opulent,
Il veut un vaste logement,
Même quand il n'est plus sur terre,
Mais l'homme bon, mais l'homme humain,
Que chacun regrette à la ronde,
Que lui ferait un grand terrain,
Il est content pour l'autre monde !
D'un petit coin, d'un petit coin !

V

Un petit coin est très-utile
Pour l'homme errant et sans crédit,
Pour l'exilé, pour le proscrit,
Qui cherche en vain un domicile.
Avec le fer, avec le plomb,
Quand nous étions à l'agonie.
Les prussiens à coups de canon
Voulaient prendre notre patrie,
Sans nous laisser un petit coin !

SI JE POUVAIS

Chanson satirique

Paroles et musique de BOILEAU.

———

'Airs : Français vous avez tort, ou les Rubans d'une Alsacienne.

I

Si je pouvais, je ferais reparaître
Un âge d'or dans tout notre univers,
Plus de fripons, de coquins et de traîtres,
Plus de méchants et plus d'hommes pervers ;
L'égalité régnerait sur la terre,
On ne verrait bientôt que des heureux ;
La paix partout remplacerait la guerre
Si je pouvais faire ce que je veux !

II

Si je pouvais, plus de fiel qui dévore,
Plus d'égoïsme ou de rivalité ;
L'usurier même, au malheur qui l'implore,
Ferait l'aumône avec sincérité.
Plus de ce siècle où tout se dévergonde,
De charlatans au règne scandaleux,

Je chasserais les vauriens de ce monde,
Si je pouvais faire ce que je veux !

III

Si je pouvais, les serpents de l'envie
Ne seraient plus au sein de nos savants,
Et la concorde, en berçant notre vie,
Remplacerait les écrits insolents.
Plus de victimes et de cris d'innocence,
Plus de complots, de projets ténébreux,
Plus d'aversion, de sinistre vengeance,
Si je pouvais faire ce que je veux !

IV

Si je pouvais je briserais les chaînes
Qui rivent l'homme à la servilité ;
J'enseignerais les lois républicaines
Dans leur grandeur et leur simplicité ;
Plus de flatteurs que souvent on honore,
De plats valets qui se vendent entre eux ;
Plus de ces gens qu'en tous lieux on abhore,
Si je pouvais faire ce que je veux !

V

Si je pouvais établir l'équilibre,
Du faible, ici, je serais le soutien ;
Plus de paria, l'esclave serait libre,
Car, il aurait les droits du citoyen :

Plus d'oppresseurs, de règue tyrannique,
Plus d'indigents, plus de ces malheureux,
Plus de révolte et trouble politique,
Si je pouvais faire ce que je veux !

VI

Si je pouvais ! gratuite, obligatoire,
Voilà comment serait l'instruction.
Tout citoyen se ferait une gloire
De respecter la Constitution !
Sous le drapeau de la France héroïque,
Se rangeraient les hommes vertueux ;
Je fonderais partout la République,
Si je pouvais faire ce que je veux !

LES FEMMES DE NOTRE ÉPOQUE

Chansonnette

Paroles et musique de BOILEAU.

Ici, Messieurs, je le confesse,
O quelle affreuse atrocité !
De nous la femme rit sans cesse,
C'est une singularité.

Puisque toujours on nous provoque,
Je veux vous faire le portrait,
De la femme de notre époque,
En dévoilant chaque secret.
N'aimant plus que les vins d'Espagne,
La sucrerie et le Bordeaux,
Le Chambertin, et le Champagne,
Les perdrix et les fins gâteaux !

REFRAIN

Allons Mesdames, soyez plus sages ;
Des hommes craignez le courroux...
Et ne soyez pas si volages !
Ou les enfers s'ouvrent pour vous !

Vous êtes par trop familières,
Car vous allez soir et matin.
Cancaner avec les portières,
Et trop souvent chez le voisin ;
Vous faites mille bavardages,
Sur tout le monde du quartier,
Vous négligez travaux, ménages,
De février jusqu'à janvier ;
Ce sont les secrets de la mère,
Les aventures du cousin,
Les amours, du frère ou du père,
Et l'histoire du sacristain.

Vous nous devez obéissance;
Mais que vous fait cette raison ?
Vous voulez avec importance,
Etre maîtresse à la maison !
Si l'on résiste à vos caresses,
Vous employez votre courroux,
Et très-souvent dans vos faiblesses,
Vous jurez de donner des coups ;
Vous connaissez l'art, la magie,
S'il le faut pour nous aveugler ;
Puis, vous jouez la comédie,
Afin de nous ensorceler !...

Quand vous sortez, votre étalage,
Est tellement éblouissant,
Tout comme un perroquet en cage,
Vous amusez chaque passant ;
Si parfois sur votre figure,
Vous avez des traits, des couleurs,
Vous les devez, à la peinture,
Que vendent nos bons parfumeurs ;
Vous êtes vraiment très-adroites,
Pour ajuster votre beauté,
Que vous conservez dans des boîtes,
Mieux que votre fidélité !...

Vous vous étranglez par la taille,
Pour rendre les hommes jaloux,

Puis vous vous chargez de ferraille,
En disant : ce sont mes bijoux ;
Grâce aux corsets fait sans mesure,
Vous nous montrez bien des appas,
Vous faites voir d'après nature.
Des formes que vous n'avez pas ;
Chaque pièce avec art se loge,
Se joint, s'enlève : en vérité,
On dirait une vieille horloge,
Que l'on démonte à volonté ! ...

PEUT-ON SAVOIR OU DIEU NOUS CONDUIRA

Ancienne Chanson d'EMILE DEBRAUX

Arrangée et interprêtée par BOILEAU

Air : *Mon Grenier* (BÉRANGER)

Faibles mortels, jetés sur cette terre
Sans trop savoir ni pourquoi ni comment,
N'essayons point d'éclaircir ce mystère,
Rions de tout et voyageons gaîment,
Portons sans cesse une main peu timide
Sur chaque fleur que la route effleura :

Plus loin, peut-être, est un chemin aride :
Peut-on savoir où Dieu nous conduira ?

Où t'en vas-tu ? dit-on au bon Esope.
Je n'en sais rien, répond-il savamment.
Le guet à pied, qui soudain l'enveloppe,
Droit en prison le mène lestement.
Vous le voyez, dit-il alors, mon maître,
J'avais raison, chacun vous le dira :
J'allais aux champs et j'arrive à Bicêtre.
Peut-on savoir ou Dieu nous conduira ?

Gros matadors de la Sainte-Alliance,
Qui ballotez les peuples et les rois,
De vos congrès n'excluez point la France,
Daignez avoir des égards pour ses droits.
Quoique pour nous la paix ait bien des charmes,
Peut-être un jour cette paix finira,
Et si jamais nous reprenons les armes,
Peut-on savoir où Dieu nous conduira ?

Ah ! si jamais je devenais monarque,
Dit un faquin. je repousserais l'or.
Il y parvint... et digne de remarque,
Chacun le vit... prendre... toujours... encor...
Certaines gens, de peur qu'on les moleste,
Ne disent rien ; arrive que pourra.
Le cœur est droit, mais la main est si leste :
Peut-on savoir où Dieu nous conduira ?

Un certain jour, une ci-devant vierge,
Sans hésiter allant droit à son but,
De chaque main offrait un très beau cierge
A Saint Michel et l'autre à Belzébuth :
Ah! disait-elle, est bien fou qui se flatte
Qu'au paradis tout fin droit il ira ;
Au Diable même il faut graisser la patte.
Peut-on savoir où Dieu nous conduira ?

Les détracteurs de notre République,
Qui, même entre eux, sont rarement d'accord,
Parlent toujours de règne tyrannique !
Moi, franchement, je n'en vois point encor.
Mais à l'aspect du républicanisme,
Le monde entier avec nous s'écrira :
Si nous prêtons l'oreille au fanatisme,
Peut-on savoir où Dieu nous conduira ?

D'un grand guerrier exploitant l'héritage,
Un potentat, dans son aveuglement,
Voulut un jour, pour montrer son courage,
Se mesurer à *son frère* allemand...
Bientôt l'auteur de cette horrible guerre,
Qu'un bon Français, comme moi, maudira,
Tombe à Sedan et meurt en Angleterre :
Peut-on savoir où Dieu nous conduira ?

LE TRAVAIL & LA LIBERTÉ

Poésie-Chanson

Airs : Quand on n'a pas le sou ou des Pièces de cent sous.

~~~~~~~~~~~~~~~~

I

Le chemin du travail est sûr, mais rude, immense,
Et dans ce temps maudit de folle concurrence,
Soit comme médecin, commerçant, avocat,
C'est bien lourde charrette à tirer qu'un état !
Oh ! qu'il doit être doux, sans avoir rien à faire,
De s'entendre nommer richard, millionnaire,
Mais l'amour pour lequel je me sens transporté,
C'est l'amour du travail et de la liberté !

II

Du peuple il faut toujours, il faut que l'on espère,
Car le peuple, après tout, c'est de la bonne terre,
La terre de haut prix, la terre de labour,
C'est le sillon doré qui fume au point du jour,
Et qui, rempli de sève et fort de toute chose,
Enfante incessamment et jamais ne repose ;
C'est lui qui fait jaillir, sous le ciel argenté,
Hommes et végétaux, travail et liberté !

4

III

S'ils sont justes tous ceux qui régissent la terre,
Ils prendront en piété la trop longue misère ;
Ils ne laisseront pas les bras tendus en vain,
Toujours les pauvres gens en guerre avec le pain ;
Ils ne laisseront pas, du fond de sa mantille,
L'avarice hautaine insulter la guenille ;
Ils viendront proclamer devant l'adversité,
Le règne du travail et de la liberté !

IV

Qu'importe à l'artisan, que l'humaine famille
Admire ses vertus, que sa mémoire brille,
Et qu'une fois en proie au trépas flétrissant,
Il laisse dans dans le monde un nom retentissant !
Vivre en bien travaillant et sans souffrance amère,
Est l'unique souci de son âme sur terre ;
L'ouvrier courageux, lorsqu'il a la santé,
Demande seulement travail et liberté !

V

L'homme vit un moment, il n'est qu'une parcelle
Qui rentre tôt ou tard dans l'âme universelle ;
Il a le même sort que tous les animaux
Qui rampent dans la fange ou glissent sous les eaux.

Que sont les vains lauriers de la guerre sanglante
Et toutes les grandeurs que la victoire enfante,
A côté de cet homme, exempt de vanité,
Qui pousse en travaillant le cri de liberté !

VI

Pour moi, le travailleur est chose bien touchante,
Et dès que j'en vois un, il faut que je le chante ;
Du profond de mon cœur et du fort de ma voix ;
Qu'il sorte du bas peuple ou descende des rois,
Jusqu'au jour où la mort me courbera la tête,
Je veux chanter, ici, le travailleur honnête,
Je l'aime avec excès, je l'aime avec fierté,
Car j'aime le travail comme la liberté !

VII

Vous, dont le lourd marteau, sur l'enclume massive,
A grands coups redoublés, forge la foudre vive ;
Vous, qui savez les lieux où le meilleur fer dort ;
Eh bien, forgez nous vite un dard contre la mort !
O puissance du feu, principes de la terre,
Eléments du soleil, de l'onde et du tonnerre,
Si vos efforts sont vains contre l'éternité.
Mon dernier cri sera : travail et liberté !

L'HOMME EST UNE BÊTE

Poésie satirique

Tirée d'une satire de BOILEAU-DESPRÉAUX, sur l'homme.

De tous les animaux qui s'élèvent dans l'air ;
Qui marchent sur la terre ou nagent dans la mer,
De Paris au Pérou, du Japon jusqu'à Rome,
La plus sot animal, à mon avis, c'est l'homme.

Quoi ! dira-t-on d'abord, un ver, une fourmi,
Un insecte rampant qui ne vit qu'à demi,
Un taureau qui rumine, une chèvre qui broute, [doute.
Ont l'esprit mieux tournée que n'a l'homme ? Oui, sans

Ce discours vous surprend, Messieurs, je l'aperçois
L'homme de la nature est le chef et le roi :
Bois, prés, champs, animaux, tout est pour son usage
Lui seul a, dites-vous la raison en partage.
Il est vrai, de tout temps la raison fut son lot :
Mais de là je conclus que l'homme est le plus sot.
Imposteur à tout autre, à soi-même incommode,
Il change à tous moments d'esprit comme de mode;
Il s'en va follement, et pensant être dieu,
Courir comme un bandit qui n'a ni feu ni lieu ;

Et, traînant avec soi les horreurs de la guerre,
De sa vaste folie emplit toute la terre :

L'ours a-t-il dans les bois la guerre avec les ours ?
Le vautour dans les airs fond-il sur les vautours ?
A-t-on vu quelquefois dans les plaines d'Afrique,
Déchirant à l'envi leur propre république,
« Lions contre lions, parents contre parents,
Combattre follement pour le choix des tyrans ? »

L'animal le plus fier qu'enfante la nature
Dans un autre animal respecte sa figure :
De sa rage avec lui modère les accès ;
Vit sans bruit, sans débats, sans noise, sans procès.

Jamais la biche en rut n'a, pour fait d'impuissance,
Traîné du fond des bois un cerf à l'audience ;
Doucement, direz-vous, que sert de s'emporter !
L'homme a ses passions on n'en saurait douter ;
Il a comme la mer ses flots et ses caprices ;
Mais ses moindres vertus balancent tous ses vices.

N'est-ce pas l'homme enfin dont l'art audacieux ?
Dans le tour d'un compas a mesuré les cieux ?
Dont la vaste science embrassant toutes choses,
A fouillé la nature, en a percé les causes ?

Les animaux ont-ils des Universités
Voit-on fleurir chez eux les moindres Facultés,

Y voit-on des savants en droit, en médecine,
Endosser l'écarlate et se fourrer d'hermine.
S'ils n'ont pas d'avocats et pas de médecins
Ils meurent de vieillesse et non comme assassins !

Un âne, pour le moins, instruit par la nature,
A l'instinct qui le guide obéit sans murmure
Il ne va pas, au Dieu des saisons et des vents,
Demander à genoux la pluie ou le beau temps ?
Hélas ! cent fois la bête a vu l'homme hypocondre
Adorer le métal que lui même il fit fondre ;
A vu dans un pays les timides mortels
Trembler aux pieds d'un singe assis sur les autels ;
Et sur les bords du Nil les peuples imbéciles,
L'encensoir à la main, chercher les crocodiles.

Mais pourquoi direz-vous cet exemple odieux ?
Que peut servir ici l'Egypte et ses faux dieux ?
Quoi ! me prouverez-vous par ce discours profane
Que l'homme, quel qu'il soit, est au-dessous d'un âne;
Un âne, le jouet de tous les animaux,
Un stupide animal, sujet à mille maux,
Dont le nom seul en soi comprend une satire ?

Oui, d'un âne : et qu'a-t-il qui nous excite à rire ?
Nous nous moquons de lui mais s'il pouvait un jour,
Messieurs, sur nos défauts s'exprimer à son tour :
Si, pour nous réformer, le ciel prudent et sage,

De la parole enfin lui permettait l'usage,
Qu'il pût dire tout haut ce qu'il se dit tout bas,
Ah ! Messieurs, entre nous, que ne dirait-il pas !
Et que peut-il penser lorsque dans une rue
Au milieu de la foule il promène sa vue :
Qu'il voit de toutes parts les hommes bigarrés,
Les uns gris, les uns noirs, les autres chamarrés ?

Oh ! que si l'âne, alors, à bon droit misanthrope,
Pouvait trouver la voix qu'il eût au temps d'Ésope,
De tous côtés, Messieurs, voyant les hommes fous,
Qu'il dirait de bon cœur, sans en être jaloux,
Content de ses chardons, et secouant la tête.
« Ma foi, tout comme nous l'homme n'est qu'une bête! »

CE QUE JE FERAIS

Chanson satirique

Paroles et musique de BOILEAU.

Si j'étais Dieu, l'Etre suprême,
Celui qui peut rendre immortel,
Moi, je voudrais à l'instant même,
Des élus faire ici l'appel,

Car, en tous lieux, sur cette terre
Au malheureux je donnerais
Pour vivre au moins le nécessaire.
    Voilà ce que je ferais !

Lorsque des coquins font bombance,
C'est nous qui payons le festin,
Pendant qu'ils sont dans l'opulence,
Des pauvres gens meurent de faim.
Ceux qui nous mettent sur la paille,
Sans hésiter, moi, je voudrais
Les chasser comme la canaille,
    Voilà ce que je ferais !

Je protégerais le génie.
Victime de l'adversité,
Et celui qui passe sa vie,
Pour conquérir la liberté !
Pour faire cesser l'arrogance
Des fripons, je les chasserais
Du sol de notre belle France
    Voilà ce que je ferais !

Je voudrais que sur cette terre,
Les peuples se donnent la main,
Et que sous la même bannière,
Vienne s'unir le genre humain.
Je choisirais l'heure propice,
Et les fripons je les mettrais

Entre les mains de la justice,
    Voilà ce que je ferais !

Si des tyrans, ô République,
Osaient venir pour t'égorger
Avec mon courage civique,
Je serais là, pour te venger.
Je voudrais réduire en poussière,
Tous ces vauriens et puis après,
La paix remplacerait la guerre,
    Voilà ce que je ferais !

Je voudrais que rien ne m'échappe,
Sans être des plus exigeants,
Je chargerais mon Esculape,
De soigner les honnêtes gens,
Quand j'aurais sur la terre et l'onde,
Fait le bien, détruit le mauvais,
Je partirais pour l'autre monde,
    Voilà ce que je ferais !

UNE FEMME C'EST LAID

Chansonnette comique

Paroles et musique de BOILEAU.

Messieurs, je vais par une chansonnette
Dire deux mots sur le sexe effronté.

Ah ! croyez-moi, l'homme n'est qu'une bête,
Quand de la femme il vante la beauté ;
Je veux enfin, comme un nouveau prophète,
Vous dire ici ce que nul ne connaît.
Je ne crois pas être trop malhonnête,
En vous disant qu'une femme c'est laid;
Oui, Messieurs, une femme c'est laid.

A dix-huit ans, la femme a quelques charmes,
Mais à trente ans, c'est un bouquet fané ;
A quarante ans elle verse des larmes
Sur les débris d'un vieux luxe effréné.
Adieu l'amour, adieu folle Lisette,
Adieu beau temps qui trop tôt disparaît.
Malgré le luxe et toute sa toilette,
Je vous promets qu'une femme c'est laid;
Oui, oui, Messieurs, une femme c'est laid.

C'est un rameau qui n'a plus de feuillage.
C'est un vieux mur que l'on a récrépi ;
C'est une nuit qui n'a pas d'éclairage.
Un champ de blé qui n'a jamais d'épi.
C'est un vieux roi qui n'a plus de royaume ;
Un vieil habit que le tailleur refait ;
C'est une fleur qui n'a plus son arôme ;
Vous voyez bien qu'une femme c'est laid;
Oui, oui, Messieurs, une femme c'est laid.

C'est un rosier qui toujours se défleure,
C'est un beau jour qui n'a pas de soleil.
C'est un cadran qui ne marque plus l'heure
Un être enfin qui n'a pas son pareil;
C'est un crampon, c'est une mécanique
Dont nul de nous ne connaît le secret.
C'est un démon, un être diabolique,
Enfin Messieurs, une femme c'est laid;
Oui, oui, Messieurs, une femme c'est laid.

Je cherche en vain, Mesdames, je vous jure
Pour vous trouver quelque chose de bien.
En regardant votre air, votre tournure,
Pour plaire à l'homme, hélas! je ne vois rien;
En négligé, les femmes sont difformes,
Sans vêtements chaque défaut paraît.
En s'habillant elles prennent des formes:
Car sans toilette, une femme c'est laid;
Oui, oui, Messieurs, une femme c'est laid.

COUPLET DE RÉHABILITATION

—

Sexe charmant, femme qu'on injurie
Et que l'on aime toujours malgré soi;
De ma chanson, ce soir fort impolie,
Toutes riez mesdames avec moi.
Sans hésiter, ici je le proclame,

Nous ne pouvons vivre qu'en vous aimant.
Rien n'est aussi joli comme la femme,
La femme enfin est un être charmant.
Loin d'être laid, c'est un être charmant.

SI J'ÉTAIS LE CHOLÉRA

Chansonnette comico-satirique

Paroles et musique de BOILEAU.

Il existe une affreuse épidémie
Qui trop souvent ravage des pays ;
Fléau terrible, étrange maladie,
Le plus cruel de tous les ennemis,
Le pauvre peuple, hélas ! qu'elle mutile,
Attend la mort qui souvent l'effleura ;
Moi je voudrais être bien plus utile,
        Si j'étais le choléra !...

J'attaquerais d'abord des journalistes,
Qui font savoir ce qu'ils ne savent pas :
Et puis aussi ces mauvais aubergistes.
Servant du chat en civet au repas.
Les médecins risquent nos existences
Tout en disant : je crois qu'il guérira ;

J'attraperais ces vendeurs d'ordonnances,
  Si j'étais le choléra !...

Les faux maris trompant leurs pauvres femmes
Seraient par moi sans pitié vite pris ;
Et je voudrais prendre aussi ces infâmes
Qui, sans pudeur, font... rougir leurs maris
J'épargnerais les sages demoiselles.
On pourra dire alors ce qu'on voudra ;
Mais, j'atteindrais tous les gens infidèles,
  Si j'étais le choléra !...

Je tomberais sur toute la canaille,
En épargnant seuls les honnêtes gens ;
J'assaillirais tous ceux qui font ripaille,
Pendant qu'on voit mourir des indigents ;
Quant aux tyrans, Ah ! ma foi, je m'en fiche,
Car avant peu leur règne finira ;
Mais je voudrais prendre le mauvais riche,
  Si j'étais le choléra !

Je détruirais toute chose inutile,
Les vils flatteurs et tous les courtisans ;
L'homme rampant, cet animal servile.
Et je voudrais prendre aussi les méchants.
En agissant selon toute logique,
J'attraperais, n'étant pas un ingrat,
Les ennemis de notre République,
  Si j'étais le choléra !...

5.

Je dois finir ici pour mille causes,
Car je ne veux pas trop vous alarmer ;
Mais je voudrais faire encor bien des choses
Que le devoir me défend de nommer ;
J'en vois plus d'un que ma chanson rend triste,
Pourtant, je crois que nul ne sifflera,
Car, je prendrais ceux qui sifflent l'artiste,
    Si j'étais le choléra !...

CE QUE C'EST QUE LA VIE

Poésie

Airs : de la *Corde sensible*, du *Quartier Latin*,
du *Lit*, des *Comédiens*, etc.

Regardez-bien ces frêles créatures !
Qui chaque jour arrivent ici-bas,
En attendant les soucis, les tortures,
Toutes gaîment se livrent aux ébats.

Lorsque l'on naît, la vie est une rose,
Un arbrisseau qui promet un beau fruit,
C'est une fleur qu'il faut que l'on arrose
Avec grand soin et le jour et la nuit.

En grandissant, adieu l'adolescence,
Le cœur soupire avant d'avoir quinze ans,
On se nourrit d'amour et d'espérance,
La vie alors arrive à son printemps,

On a vingt ans, enivrante chimère,
On croît à tout ! on ne fait que rêver !
L'amour vous guette à l'ombre du mystère,
Et l'on se perd en croyant se sauver.

C'est un trésor, une jeune coquette
Dont les attraits commencent à charmer ;
C'est un auteur, un innocent poëte
Qui pour ses vers voudrait se faire aimer.

Puis à trente ans, la vie est orageuse !
C'est un soleil, c'est un brasier ardent,
C'est un grand vent, c'est une mer houleuse,
C'est le Vésuve et son souffle brûlant !...

A quarante ans, la vie est moins ardente !
C'est un chasseur adroit et plein d'aplomb,
Qui du gibier suit la trace galante,
En épargnant et sa poudre et son plomb,

A cinquante ans elle a déjà des rides,
Tout est soumis à la loi du destin !
Elle appartient au rang des invalides
C'est un vieux fat badigeonné, reteint !

A soixante ans la vie est un atôme,
Un grain de sable au milieu d'un désert ;
C'est un débris, ce n'est plus qu'un fantôme,
Une brebis que l'on doit mettre au vert.

Soixante et dix, elle se désespère,
Voyant venir la neige des autans ;
C'est l'ouvrier qui ne peut plus rien faire,
C'est un vieillard qui regrette son temps.

A quatre-vingts, la vie est une glace
Qui ne fond pas au soleil printanier ;
C'est un vieux sou privé de pile ou face,
Qu'on ne veut plus même chez l'épicier !...

Quatre-vingt-dix, plus rien ne l'aiguillonne,
Tout est parti, jusqu'au dernier beau jour !....
La vie attend un premier vent d'automne
Pour disparaître ! et cela sans retour !...

Dix ans plus tard, adieu tout patrimoine,
La vie hélas ! ne peut plus s'égayer...
C'est un cheval qui réclame l'avoine !
Et qu'on ne peut faire fructifier !...

On a cent ans ! on change de demeure...
La vie arrive à son dernier quartier !...
C'est un cadran qui ne marque plus l'heure....
Une pendule ou manque un balancier.

C'est un roseau courbé par un orage,
Un grand coupable accablé de remords.
Ce n'est plus rien... car la vie à cet âge!...
S'en va peupler le royaume des morts!...

AU PILORI

Chanson satirique

AIR : *Le Dieu des bonnes gens* (BÉRANGER).

I

Au pilori, pantins et journalistes,
Qui sans pudeur tournez à tous les vents,
Hier encor vous étiez royalistes,
Aujourd'hui verts, demain vous serez blancs !
Sous l'étendard de notre République
Nous vous voyons chercher un sûr abri ;
L'homme vendu, le brouillon politique,
    Bien vite au Pilori !

II

Au pilori, la coureuse de rue.
Qui foule aux pieds l'honneur de ses parents

Avec cynisme elle se prostitue,
Pour un peu d'or au premier des passants
Tous ces crevés, enfin tous ces infâmes,
Qui du boudoir deviennent « le chéri »
Tous ces vauriens, ces exploiteurs de femmes,
    Bien vite au Pilori !

III

Au pilori mettons aussi les traîtres
Et les faquins avec les intrigants,
Les usuriers, les lâches, tous les êtres :
Tels que Judas et tartuffes rampants !
Ceux qui voudraient prendre le prolétaire
Pour un esclave ou pour un favori
Les exploiteurs enfin de la misère,
    Bien vite au Pilori !

IV

Au pilori, le charlatan immonde,
Spéculateur de l'incrédulité,
Ces médecins guérissant tout le monde
Et promettant longue vie et santé.
Ces inhumains qui parlent de souffrance,
Faux vertueux, sages au cœur pourri,
Qui n'ont jamais connu la bienfaisance,
    Bien vite au Pilori !

V

Au pilori ces créatures viles,
Mangeant toujours à chaque ratelier,
Ces plats valets aux échines serviles,
Cherchant un maître, afin de se plier ;
Banqueroutiers, fripons. millionnaires,
Vivant du pain que le pauvre a pétri,
Les libertins, les vauriens, les faussaires,
       Bien vite au Pilori !

VI

Au pilori ceux qui pendant la guerre
Ne marchaient pas contre les ennemis.
Et ceux aussi qui passaient la frontière
Lorsqu'il fallait défendre le pays.
Par un devoir vraiment patriotique !
En terminant je veux pousser ce cri :
Les ennemis de notre République,
       Bien vite au Pilori !

L'OUVRIER HEUREUX

Chanson philosophique et morale, chantée par l'Auteur

Paroles et musique de BOILEAU.

I

Simple ouvrier, sans espoir, sans fortune,
Je suis le fils d'un pauvre paysan ;
Et comme lui, je veux sans crainte aucune,
Finir mes jours en honnête artisan,
Pour vivre heureux il n'est pas nécessaire
D'avoir du bien, d'être noble ou rentier,
Par mon travail je bannis la misère ;
Je suis heureux, heureux d'être ouvrier.

II

J'ai pour palais une pauvre mansarde,
Mon gagne pain, à moi, sont mes deux bras ;
Sans me priver dans les beaux jours, je garde
De quoi braver la rigueur des frimas.
De grand matin bien content je me lève ;
Car au travail on me voit le premier ;
Puis en chantant mon ouvrage s'achève ;
Je suis heureux, heureux d'être ouvrier.

III

Voyez là-bas ce monument qui brille
Dans le séjour qu'on réserve aux humains,
Et ces châteaux ou la grandeur fourmille ;
Ne sont-ils pas érigés par nos mains ?
Ce beau salon où l'on voit l'opulence
Hier encor me servait d'atelier ;
Qu'importe à moi si demain l'on y danse ?
Je suis heureux, heureux d'être ouvrier.

IV

Content du peu que mon travail accroche,
Quand j'ai réglé l'emploi de mon argent,
Je trouve encor du reste dans ma poche
Pour soulager au besoin l'indigent.
Je ne crois pas que jamais on me raille
Si je n'ai pas de riche mobilier ;
Tout aussi bien je m'endors sur la paille ;
Je suis heureux, heureux d'être ouvrier.

V

Petits ou grands chacun a sa croyance...
Moi pauvre atôme en l'avenir j'ai foi !...
A mon destin je me soumets d'avance ;
La destinée est la suprême loi !
S'il faut demain terminer ma carrière.
A cet arrêt je veux me confier ;
Et je dirai d'une voix libre et fière :
Je meurs heureux en honnête ouvrier.

LA DÉESSE DES FLEURS

Chanson fleuritico-mythologique

REFRAIN.

Je suis la déesse des fleurs,
La volupté, voilà ma vie
A moi, toujours gaîté, folie
Je veux régner sur tous les cœurs.

J'adore mon indépendance
Sans troubler ma tranquillité,
Toujours je donne en abondance
Les fleurs dans leur réalité.
Mon toit est un épais feuillage,
Les bois touffus sont mes lambris,
Mon temple est un petit bocage,
Mes autels, les gazons fleuris.

A travers les plaines fleuries,
Dans les bosquets mystérieux,
Sur les coteaux, dans les prairies
Pour moi, tout est délicieux.
J'ai les soupirs des oréades,
Qui, dit-on, trouveront le miel,
Toutes les grâces des Dryades,
Reines des bois, filles du ciel.

Un voile est toute ma toilette,
Mon miroir, le cristal des eaux,
Les roses et la violette
Me servent d'atours les plus beaux.
Le règne heureux de la nature
Est le berceau de mes amours,
Tous les trésors de la verdure
Sont pour embellir mes beaux jours.

Montant sur le char de l'aurore,
J'entr'ouvre les portes du jour
Et bientôt le soleil colore
Les splendeurs de mon beau séjour.
J'extrais de la rose naissante
Qu'agite le fier aquilon,
Mon haleine, odeur bienfaisante
Comme le fait le papillon.

SANS ESPOIR

Romance.

Sans espoir, mon cœur idolâtre
Un jeune objet, plein de candeur,
Sur son front, de lys et d'albâtre,
Brillent les roses du bonheur.
Hélas ! en la voyant si belle,

De mon sein s'échappe un soupir ;
Ah ! si je dois vivre sans elle,
Mon Dieu ! mon Dieu ! fais-moi mourir.

Sans espoir, cet amour extrême
Vaut à mes yeux tout un trésor ;
C'est l'idéal, le bien suprême,
Qui berce mes beaux songes d'or.
Un sentiment si pur, si tendre,
Parviendra-t-il à la fléchir ?
S'il m'est défendu d'y prétendre,
Mon Dieu ! mon Dieu ! fais-moi mourir !

Sans espoir, cette sœur des anges,
D'un regard m'a percé le cœur.
Sa voix est pleine de louanges,
Qui me font rêver au bonheur.
Mais, pour ce trésor, cette belle,
Si nuit et jour je dois gémir ?
Afin d'oublier la cruelle,
Mon Dieu ! mon Dieu ! fais-moi mourir !

Sans espoir, je veux, à ses charmes,
Chaque jour offrir un tribut,
Avec mes soupirs et mes larmes
Les plaintifs accords de mon luth.
Si rien ne peut toucher son âme,
S'il ne me reste qu'à souffrir,
Plutôt que d'éteindre ma flamme
Mon Dieu ! mon Dieu ! fais-moi mourir !

L'HOMME

A mon ami Paul DUPONT

Dans sa marche ici-bas, l'homme dès le matin
De la journée hélas ! connaît-il le destin,
Conçoit-il un projet que l'espérance avoue,
Devant un grain de sable aussitôt il échoue.
L'homme devrait prévoir en tenant le compas
Sur son chemin errant qui viendra sur ses pas.
Mais il se plaint toujours et son sort l'importune,
Honteux de sa misère où vain de sa fortune,
Sous les haillons, sous l'or, il porte son fardeau,
Et, qu'il soit apparent où couvert d'un manteau,
Chacun a son poids d'infortune.

LE DESTIN

—

Comme le passereau voyageur sur la terre,
Mortels ! pourquoi troubler un bonheur éphémère !
Hâtez-vous de jouir de vos moments si courts.
Voyez autour de vous... tout s'éteint et succombe ;
Chaque pas vous conduit sur le bord de la tombe
Où s'engloutissent vos beaux jours.

Vous fondez des palais ! la mort vient, vous appelle
Et tandis qu'ici-bas tout s'écroule et chancelle,
Dédaigneux du présent, vous rêvez l'avenir ;
Eh ! que vous serviront tant d'heures, tant d'espace,
De l'or, un toit plus grand ?.. Faut-il donc tant de place
　　Pour aimer un jour... puis mourir !...

M'AIMES-TU ?

Romance.

O toi, dont la grâce naissante,
Cause mes rêves de bonheur,
Permets à ma voix expirante
Un dernier soupir de douleur.
Tu le sais, de t'aimer sans cesse
Je me suis fait la douce loi ;
Mais qu'espérer pour ma tendresse ?
Ah ! si tu m'aimes, dis-le moi !

Près de toi charmante gazelle
Je me crois dans le Paradis.
L'azur de tes yeux me rappelle
Du ciel le brillant coloris.
Ta voix, comme celle d'un ange
Me plaît, je ne sais pas pourquoi.

Accepte mon cœur en échange
Ah ! si tu m'aimes, dis-le moi !

Lorsque de mon amour extrême
J'ose te tracer le tableau
Dis-moi si le doux mot : Je t'aime
Dans ton cœur rencontre un écho ;
Cet aveu terminant ma peine,
Redoublera mes feux pour toi.
Réponds, réponds, ma souveraine,
Ah ! si tu m'aimes, dis-le moi !

Si des faveurs de la fortune
Le ciel pour moi fut envieux
Je dois, dans ma noble infortune,
Etre plus aimable à tes yeux.
Du sort, pour réparer l'outrage,
A genoux, je t'offre ma foi,
Mais puisqu'à jamais je m'engage,
Ah ! si tu m'aimes, dis-le moi !

POURQUOI GRANDISSEZ-VOUS ?

Poésie.

Petits enfants mon cœur est tout joyeux,
Quand je vous vois folâtrer dans la plaine ;

Car lés regrets, les ennuis ni la peine,
Ne viennent pas mettre obstacle à vos jeux.
Avec bonheur longtemps je vous regarde...
Et je me dis, mes beaux petits Jésus,
Que le bon Dieu toujours ainsi vous garde,
Car, du Seigneur, vous êtes les élus,
Ah ! par pitié ne grandissez donc plus.

REFRAIN.

Petits enfants, aucuns tourments
Ne vous affligent sur la terre,
Vous ne connaissez la misère
Et ne songez qu'aux simples joujoux,
Enfants, enfants, pourquoi grandissez-vous ?

Dans la moisson vous voyez vos parents,
Sur un sillon redoubler de courage ;
Vous ignorez que ce pénible ouvrage...
Vous le ferez lorsque vous serez grands.
Sur un doux lit, que pour vous on élève,
Vous soupirez, et votre esprit s'endort :
Si vous rêvez, vous faites un doux rêve,
Et vous voyez partout des épis d'or !..
Je voudrais bien être petit encor !

Petits enfants, etc.

Vous grandissez ? et puis voilà qu'un jour,
Un jour, enfants que vous en avez l'âge,
Vient à vos yeux un petit Dieu volage,

Un Dieu charmant, qu'on appelle l'amour !
Vous l'adorez ? croyez-le sans nul doute,
Car votre cœur palpite en l'approchant...
Mais le malin souvent change de route
Et votre cœur se perd en le cherchant ;
Je sais combien il est doux et méchant !..

      Petits enfants, etc.

Point de chagrin, pour vous point de souci,
Vous ne pleurez que lorsque l'on vous gronde,
Vous ignorez qu'il est dans ce bas monde
Des indigents et des riches aussi.
Vous ignorez qu'il est sur cette terre,
Des malheureux qui vont tendre la main !
Vous ignorez, enfin, que votre mère...
Pour vous nourrir a supporté la faim !
Pauvres petits vous le saurez demain ! ! !

      Petits enfants, etc.

LE NÈGRE SIROCO

Sauvagerie, avec rime en o.

Messieurs, je suis né dans le Congo
Vous me voyez noir comme un corbeau ;
Mais, chez nous, je suis un des plus beaux,

Mon père et ma mère sont négros
Tous deux ils sont marchands d'indigo ;
Je suis sur la terre, ils sont sur l'eau :
De la Martinique à Mexico
On les voit toujours dans leur bateau.

REFRAIN.

Moi, je suis le nègre Siroco,
        De tous les esclaves
        Je suis un des braves
        Sirocococo
        Siro Sirococo
        Nègre Siroco
Moi, je suis du Congo.

Ma petite sœur, une Margot,
Et mon frère un nommé Macao,
Chantent et dansent le Fandango
Aussi bien, ma foi, qu'un Idalgo ;
Ils sont aussi lestes qu'un oiseau
Pour attraper l'argent d'un badeau,
Moi, je ris de ça comme un nigaud.
En attendant je fais mon magot.

        Moi, je suis le nègre Siroco, etc.

Pour voyager dans nos pays chauds
Les hommes montent sur des chameaux,
La femme est esclave et sur son dos

Elle porte toujours les fardeaux ;
Lorsque son mari dort à gogo
Elle conduit au champ le troupeau,
Ainsi c'est l'usage à San-Iago :
L'homme est tout, la femme est un zéro.
    Moi, je suis le nègre Siroco, etc.

Nous ne connaissons pas le piano
Et nous n'avons pas de Casino ;
Nous savons jouer aux dominos,
Mais nous ne lisons pas les journaux.
Si l'on insultait notre drapeau
Nous marcherions comme à Waterloo ;
Il faut nous voir monter à l'assaut,
Nous grimpons partout comme un crapaud.
    Moi, je suis le nègre Siroco, etc.

Nous mangeons tous crus les animaux,
Les chiens, les canards, les escargots,
Toutes les plantes, les artichaux,
Les choux, les navets et les poireaux.
Pour les fruits nous sommes des bourreaux ;
Nous mangeons aussi tous les noyaux :
Les pêches, les noix, les abricots,
Les cornichons frais et les pruneaux.
    Moi, je suis le nègre Siroco, etc.

LES DIX-HUIT PRINTEMPS

Chansonnette.

Messieurs, je n'ai que dix-huit ans,
Je suis dit-on des plus gentilles,
A plaire passant mes instants
Je fais comme toutes les filles.
Lorsque j'étais petit enfant
On me trouvait déja fort belle,
Aujourd'hui c'est bien différent,
On dit que je suis un modèle.

REFRAIN :

J'ai dix-huit printemps,
D'aimer il est temps.
La joyeuse vie,
Quand on est jolie.
Pour me réjouir,
A moi l'avenir,
A moi la folie,
A moi le plaisir !..

Je vois déjà les amoureux,
Qui devant moi font la courbette
Je voudrais bien les rendre heureux,

Mais en amour l'homme est trop bête.
Je haïs tous les faiseurs d'esprit,
Les êtres qui n'ont pas d'usage,
Le fat avec un bel habit,
Ne peut me plaire davantage.
  J'ai dix-huit printemps, etc.

Si jamais je prends un mari ;
Je le veux aimable, fidèle,
Et s'il devient mon favori,
Pour lui, je serais peu cruelle ;
Quelque fois il aura raison,
D'avance j'en fais la promesse ;
Mais pour gouverner la maison
Moi, je veux être la maîtresse.
  J'ai dix-huit printemps, etc.

Pour plaire, j'ai tout ce qu'il faut,
Ici, Messieurs, je le proclame,
Car je n'ai pas un seul défaut,
Chose fort rare chez la femme.
Comme les trésors inconnus :
Je possède bien des richesses,
On me dit que je suis Vénus,
Ou bien une des trois déesses !
  J'ai dix-huit printemps, etc.

LE MELON DE CAVAILLON

Chanson cucurbitacée.

A Cavaillon on cultive une plante
Qu'en tout pays on appelle melon,
Comme l'ormeau chaque tige serpente
Et dans la plaine et dans tout le vallon.
Sous le ciel bleu de la belle Provence,
On voit ce fruit acquérir ses bienfaits.
A l'étranger tout comme dans la France,
Il est toujours recherché des gourmets.

    Rien ne vaut sur cette terre,
    Cette belle melonnière
    Qui produit le beau melon,
    Le melon de Cavaillon.

Le vrai melon est une friandise,
Qui fait honneur à tous les grands repas ;
Si l'on refuse une autre gourmandise
De ce fruit là, l'on ne refuse pas !
Disparaissez, figues, pêches, oranges,
Poires, raisins, et vous fins entremets,
Au melon seul, la pomme et les louanges,
Il va régner ici-bas désormais !

    Rien ne vaut sur cette terre, etc.

Le citadin, au sein de la paresse,
De son pays croit être le soutien,
Dans les plaisirs, il nage avec ivresse,
Il dort, boit, mange, et n'est utile à rien !
Mais le melon lorsque l'on est à table,
Pour l'amateur est un être divin,
Dans un palais comme dans une étable
Des autres fruits il est le souverain !
    Rien ne vaut sur cette terre, etc.

D'épis nombreux, quand la terre est couverte
Nous contemplons cet utile ornement,
Mais le melon avec sa robe verte
Nous l'admirons bien plus que le froment.
Quand je le mange ou bien quand je le touche,
Je crois vraiment être l'égal des dieux,
Et ce qui reste en dehors de ma bouche
Est sans pitié dévoré par mes yeux.
    Rien ne vaut sur cette terre, etc.

En regardant les melons chez le Russe,
On n'en voit pas un seul comme chez nous,
Même tous ceux qui fourmillent en Prusse
Ne valent pas un de nos cantalous.
Chez l'être humain, soit laid au beau physique
Avec jupons, ou bien en pantalons ;
Dans tous les rangs et jusqu'en politique
Journellement on trouve des melons !
    Rien ne vaut sur cette terre, etc.

UNE LARME !

Poésie.

Où sont hélas ! de mes jeunes années,
Les soleils d'or, les ravissants beaux jours ;
De mon printemps les roses sont fanées,
Et ce n'est pas du souffle des amours !
Ah ! dans les champs d'une amère souffrance,
J'ai, déjà bien labouré mon sillon !
Je me flétris sans rayon d'espérance,
Et tel qu'un lis flétri par l'aquilon.

Gai nautonier, sur les flots de ce monde,
Mon frêle esquif trouva bientôt l'écueil,
Car le zéphir qui me berçait sur l'onde,
Poussa ma voile en un vivant cercueil ;
Pour un vain rêve, un bonheur éphémère,
Que d'avenir moissonné sans retour !
Oh ! que de pleurs et qu'elle peine amère,
Pauvre exilé, pour une erreur d'un jour !...

Où sont, hélas ! les douces rêveries
Que me causaient les brises du printemps.
Et les forêts, les brillantes prairies,
Où j'ai passé tant de joyeux instants ?

Où sont les chants de mon premier délire,
Naïfs échos que la brise emportait ?
Ils ont brisé les cordes de ma lyre,
Autour de moi, maintenant tout se tait !...

Où sont aussi, de ma brune maîtresse,
Les doux baisers, les enivrants soupirs ?
Se souvient-elle encor de notre ivresse ;
Du temps heureux, de nos brûlants plaisirs !
Et puis des soirs, parfumés d'ambroisie,
Où nos deux cœurs ne formaient plus qu'un cœur,
Où sont mes nuits de blanche poésie ?
Où sont allés ces rêves de bonheur ?

Adieu soleil, adieu vertes charmilles,
Adieu concerts des oiseaux dans les bois ;
Adieu refrain des roses jeunes filles,
Adieu gaîté pour la dernière fois !
Adieu beau ciel où coula mon enfance,
Vallons chéris témoins de mes amours !
Adieu chansons et rêves d'espérance !
Adieu des fleurs les magiques retours !

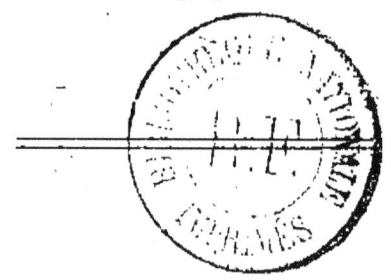

L'AMOUR ET L'INTÉRÊT

Poésie satirique.

On aime quelquefois : bien souvent on calcule ;
Dans les veines le sang très froidement circule ;
Froidement on raisonne ; et si l'on est épris,
Avant de l'être, on sait quel en sera le prix....

Ce qu'on voit de la femme à laquelle on aspire,
Ce n'est pas son front pur, son suave sourire !
On admire sa dot, les titres au porteur....
Voilà qui charme l'œil et subjugue le cœur !

L'amour n'est pas ce Dieu dont l'ardente prunelle,
Vient enflammer les cœurs d'une seule étincelle ;
L'amour chez quelques-uns est au rang des vaincus :
Il émousse ses traits sur des rouleaux d'écus !

La femme sans argent même avec tous ses charmes,
Pour captiver leurs cœurs a de trop faibles armes,
Mais si l'argent chez eux tient lieu de sentiment
Il y porte avec lui son triste châtiment...

Qu'est-ce qu'un mariage ! une brillante affaire !
L'amitié, les serments... tout est chez le notaire....
Que l'on soit jeune ou vieux et bien sot et laid !
L'héritage est toujours un bon coup de filet....

Un hymen sans amour, c'est toujours la misère,
Quand même l'on serait deux fois millionnaire,
Deux fois millionnaire ! et le serait-on cent !...
On n'est jamais heureux quand l'amour est absent !

Enfin, on ne saurait, en pareille matière,
Trop songer qu'il y va de l'existence entière.
Qu'arrive-t-il souvent, après avoir prêché ?
De ce contrat si saint on ne fait qu'un marché.

Et puis on se marie après une rencontre,
Non pour l'amour qu'on a, mais pour l'argent qu'on montre
Comme on vend de l'étoffe on vend le sentiment,
Et dans ce cas la chance est pour celui qui ment !

De la femme à laquelle on dit cent fois !... Je t'aime :
Ce qu'on aime souvent le moins : c'est elle-même !
Et la femme est dupée et la femme au total !
Pour de certains maris, n'est plus qu'un capital !.

Qu'elle soit dans sa mise ou coquette ou sévère ;
Qu'elle soit vertueuse ou qu'elle soit légère ;
Que, triste naufragée, elle est même laissé
Quelques traces de honte aux écueils du passé.

De la honte ! et qu'importe ? il faut bien qu'on y songe
L'argent pour l'effacer est la meilleure éponge,
Et puis ne doit-on pas, en faveur de l'argent,
Être pour tout le reste un peu moins exigeant ?

Sur ce sol mal choisi pour fonder un ménage
L'édifice tremblant s'écroule au moindre orage !
Et chacun va, poussé par de folles ardeurs,
Dans un autre milieu marchander les faveurs !

De ce couple sans foi, qu'aucun lien n'attache,
Il ne reste plus rien !... qu'une éternelle tache ;
Et l'hymen désolé pleure sur des débris·
Ne voyant bientôt plus ni femmes ni maris...

On ne doit jamais vendre et son corps et son âme,
Et quand on se marie il faut aimer sa femme.
Hélas ! pour bien des gens, amitié, passion,
Ne sont plus qu'intérêt et spéculation !...

Mais l'amour.. Quand c'est lui qui rapproche deux âmes,
Quand c'est lui qui les fond de ses plus chastes flammes ;
Quand de deux cœurs épris l'amour n'en fait plus qu'un...
L'avenir est d'azur, tout est fleurs et parfum !

Aimez, riches, aimez ! L'amour donne à vos fêtes
Plus de charmes encor que l'éclat des toilettes ;
Plus que tous les jardins ! les ombrages profonds !
Plus que le lustre d'or qui pend à vos plafonds !

Et vous, pauvres, aimez !.. De célestes lumières,
L'amour seul peut remplir vos obscures chaumières ;
Aimez, car c'est l'amour qui donne la saveur
Au morceau de pain noir qu'achète un dur labeur.

Oui, c'est l'amour qui rend, douce philosophie ;
Les sentiers moins ardus et moins lourde la vie
L'amour est un rempart contre les coups du sort,
Quand on aime on est grand, quand on aime on est fort !

LA MAUVAISE SOCIÉTÉ

Poésie satirique.

Si j'avais le talent de notre grand Molière,
Si la rime m'était comme à lui famillière,
Si j'avais seulement une plume à la main,
Plus d'un n'aurait pas tort d'éviter mon chemin.

Du romain Juvénal, je prends la hardiesse,
Son style virulant, son vers emporte pièce !
D'avance, je le sais, mon verbe menaçant,
Qui veut partout frapper, doit être insuffisant !..

Mais je vais en ce jour, narguant la polémique,
De tous les faux savants, mépriser la critique.
Tant pis pour les vauriens qui se reconnaîtront
Et pour tous les coquins que mes vers blesseront.

Je bondis dans l'arène, et ma stridente muse
Fait trembler et pâlir les fripons qu'elle accuse,

Au seul aspect du crime ! armé d'un fouet vengeur
Je me sens tressaillir d'une bouillante ardeur !

L'injuste querelleur, l'envieux à l'œil louche,
L'indigne chevalier, et l'abruti farouche,
Le hâbleur, l'intrigant, le fourbe, l'imposteur,
Et tous ceux qui du peuple aspire la sueur !..

L'insolent parvenu, les fats, les parasites,
Les nobles vaniteux, les dévôts hypocrites ?
Et tous ces plats valets que l'on voit, à grands pas,
Courrir où les conduit l'odeur d'un bon repas !

L'aigrefin qui naquît pour les agiotages,
Le charlatan plongé dans tous les tripotages,
Les emprunteurs adroits, aux goûts dispendieux
Qui n'ont rien dans leur poche et veulent vivre en dieux.

Les courtisans du riche, impudente sequelle,
Qu'entraîne de tout temps la fortune avec elle,
Les vauriens enrichis, les opulents gredins
Distribuant de haut leurs insolents dédains !

Les blasés du grand monde et les sardanapales,
Que l'excès en tout genre a fait maigres et pâles,
Ces débauchés que rien ne peut plus égayer,
Qui brûleraient Paris pour se désennuyer !

Les réformateurs fous, les cervelles timbrées,
De projets saugrenus et de plans encombrées,

Le fourbe qui prétend révéler le destin,
L'exploiteuse qui tient un tripot clandestin.

Voulant stigmatiser ces atroces canailles
Au feu du forgeron je rougis mes tenailles !
En garde donc, pieds plats, imbéciles, faquins,
Faux sages, fainéants, aventuriers, coquins !

Ignorants, qui voulez obtenir une place,
Délateurs qui vivez par l'astuce et l'audace ;
Avocats, défenseurs des torts de vos pareils,
Vous tous qui sans talent, vous croyez des soleils.

Hommes au rire faux et sans cœur et sans âme,
Fainéants qui vivez en exploitant la femme,
Paillasses de salons, fantastiques rentiers,
Commerçants déloyaux, trois fois banqueroutiers...

Préparez à l'instant vos flexibles échines,
Et que m'importe à moi vos clameurs clandestines !
Je suis très honoré d'exciter le mépris
Des vauriens que je veux flageller à tout prix !

Le boutiquier bavard parle littérature,
Et le premier venu fait de l'architecture ;
Le marchand de bouquins se pose en romancier,
Et l'homme de talent passe pour épicier.

La mode à la raison fait une guerre indigne,
Des femmes, de nos jours, ont un honneur insigne
A se voir courtiser par un plat freluquet,
Et parlent amoureux, comme on parle bouquet.

L'héritier d'un failli met des filles en chambre,
Le goujat, pour fumer, a besoin d'un bout d'ambre,
Le dernier des commis ne sort pas sans lorgnon,
Les filles de tous rangs ont du crin au chignon.

Le jeune muscadin court après les coquettes,
Le dandy se revêt d'impossibles toilettes,
La femme s'imagine être très comme il faut
Avec un gros chignon, sous un petit chapeau !

Voilà le tableau vrai, le résumé fidèle,
D'un monde qu'on ne doit pas prendre pour modèle.
En terminant, je dis un fait qui n'est pas neuf,
Il est plus d'un mari qui voudrait être veuf !...

CE QUE VALENT LES FEMMES

Chansonnette comique

Paroles et musique de BOILEAU.

Depuis longtemps, Messieurs, on chante tour à tour,
L'enfer, le paradis et le ciel et les anges,
Ici permettez-moi que je chante à mon tour,
Et je vous apprendrai bien des choses étranges,
La femme de tout temps porta les cotillons,
A l'homme on aurait dû toujours la voir soumettre,

Mais j'en connais beaucoup portant les pantalons,
Et dans ces endroits-là l'homme n'est pas le maître.
Oui, j'en connais beaucoup et plus qu'on suppose
Car la femme après tout ça ne vaut pas grand chose !

Je connais des maris se laissant commander,
Est-ce juste cela, Messieurs, je le demande ?
La femme de tout temps à l'homme doit céder,
Et de plus obéir, quand c'est lui qui commande.
Elle doit chaque jour rester à la maison,
Pour soigner au besoin l'enfant qui vient de naître ;
L'homme en se promenant, porte le pantalon,
Pour nous montrer à tous qu'il est chez lui le maître.
Un homme est un trésor ! chacun le sait en somme :
Vingt femmes ne font pas la valeur d'un seul homme !

Filles, tous les gandins vantent votre beauté,
Pourquoi vous tourmenter votre bouche est bien rose,
Vous êtes sans maris, mais votre liberté
Vous permet de narguer le lionceau qui pose.
Vous vous mettez en cage, ou bien dans un ballon,
D'une circonférence au moins d'un kilomètre,
Vous voudriez encor porter le pantalon,
Non, non, vous ne serez jamais qu'un mauvais maître.
Soit laide ou bien jolie, il faut que je dise,
La femme, c'est toujours mauvaise marchandise !

On nous dit que la femme est un ange des cieux,
Un bijou sans pareil, un être trop aimable,

Enfin, c'est une vierge, un trésor précieux,
Moi je croirais plutôt que c'est un mauvais diable.
Je vous l'assure ici, la femme est un démon,
Qui de l'enfer un jour a voulu disparaître,
Mais malgré tout cela, portons le pantalon,
Et dans notre maison, soyons toujours le maître,
Nous sommes d'un grand prix, nous tous pauvres victimes
La femme ne vaut pas, pas même dix centimes !

Les liens de l'hymen ne sont pas le bonheur,
C'est un triste contrat, c'est une horrible chaîne,
Qu'on porte avec dégoût et non pas sans douleur,
Car cette chaîne tient au boulet que l'on traîne.
La femme est le boulet que toujours nous traînons,
Et que nous traînerons jusqu'à l'enfer peut-être.
Chez moi je porterai plutôt dix pantalons,
Si je savais ne pas être toujours le maître.
La femme, voyez-vous, c'est un être pendable...
Les femmes, en un mot, ne valent pas le diable !

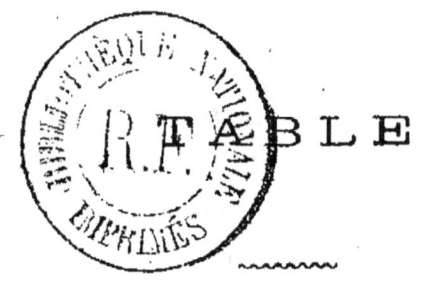

TABLE

www.ingramcontent.com/pod-product-compliance
Lightning Source LLC
Chambersburg PA
CBHW060841250626
47162CB00005B/2132